波斯镜灵

Ghost of Persian Mirror

卜知客 著

人民东方出版传媒
People's Oriental Publishing & Media
東方出版社
The Oriental Press

世上本没有谜，猜的人多了，也便成了谜。

人 物 表

何 魏

20 岁，生来欠缺一魂一魄。为人善良，性格矛盾，时而因为重情重义做出昏头涨脑之事，时而因为过于冷静而显得犹豫不决；具有通灵天赋，自小时常被游魂附体，体弱多病，因此拜师学习武功，功底优秀。

塞 尚

灵魂年龄超过两千岁，风神私生子之一，曾经爱过三个人，其中弟弟背叛了他，另外两人则早已去世，所以长久以来对人类无爱无恨，看似洞明练达，实则只有冷漠的计算。操纵的通灵体名为“金色琴弦”，能够停滞物质的时间流动。

白 叶

22 岁，高罗人贝玛之女，通灵天赋上佳。因为哥哥在抗击外敌时牺牲，习惯承担长子角色，事事争先，颇受族里年轻人的尊重。心思细腻缜密，兼有男子般的明朗英气。操纵的通灵体是匕首里的“卡路鱼”和瓦猫里的“猫灵”。

何绍郡

48 岁，何魏的父亲。表面上是玉石行商，其实是高罗人“林”脉支系的秘密传人，背负重要使命。为人细致沉稳，在爱妻早逝以后，把感情都收了起来，内心希望何魏不必继承他所背负之物。

满　罗

灵魂年龄超过两千岁，风神私生子之二，“镜中人”。因迷醉于镜子的力量弑师，结果在和哥哥塞尚的争夺中失去肉身，只能永远藏于镜中。为人不择手段，更积累了对高罗人的千年仇怨，乐于挑拨人类自相残杀。通灵体名为“冥牙”，能噬取世间灵气，导致万物老化。

邹婉莹

18 岁，何魏的师妹，天真烂漫，敢作敢为，身具侠气；喜欢具有英雄气质的男子，师从父亲邹若衡学武，颇有天赋，武功不俗。

邹若衡

57 岁，何魏的师父，云南执政者龙云、卢汉的结拜大哥。江湖地位崇高，另有一个身份是高罗人“风”脉支系的传人。武功高超，富有涵养，看似温吞缄默，杀伐决断不在话下。

苏我真鹿

22 岁，日本人，“神龛”项目组组长。率领小分队在中国本土捕捉“伪神”（异能者），寻隙动摇云南政权，把波斯镜视为量产以及控制“伪神”的绝佳方法；从小经受残酷的体术、刀术、阴阳术训练，性格顽固，心狠手辣。

白　陆

58 岁，高罗人贝玛，“山”脉支系传人。因为前任土司王芒私自接触镜子造成惨剧，所以对它的邪恶性质非常警觉。为人隐忍坚韧，为了保护高罗人可以牺牲尊严和原则。操纵的灵体是先祖鱼娘留下的“卡路鱼”。

王　雷

26 岁，王芒之子。从小把父亲视为高罗人的英雄，在惨剧发生后，内心还是拒绝承认父亲犯下的过错；矢志于保护族人，但因为欠缺通灵天赋，为了获取力量与镜子接触犯下大忌，被其利用。身上附着的兽魂是狂暴的“熊魂”。

白七奴

52 岁，王雷的母亲，王芒之妻。在当年丈夫失控兽变的时候，亲手将他击毙，这变成了她多年以来的心病。操纵的通灵体是灵鸟“日月乌”。

刘　殷

29 岁，滇军新编第一集团军第五旅第二营营长。嗜抽大烟。年少得志，自许为龙云的直系弟子，但近来仕途受阻，所以一直致力于阿谀奉承、讨好上级。尚有些许军人气概，尚有一点军事才能。

名词表

土　司

高罗人首领，是族里的头人和领袖。

贝　玛

高罗人祭司，负责族中祭祀、招魂、通灵诸多事务，地位崇高，与土司平起平坐；土司人选空缺，贝玛亦可代任土司。

通　灵

通灵术即是与灵体沟通、相处，乃至对其进行操纵和命令的法术，因其难度和效用大致可分为以下几种：

✡【引灵术】低级通灵术，可以发现和召唤游荡的魂灵，指使它们作出行动、传递消息，因为大部分灵体都有直接驱动自然元素的能力（比如鱼灵可以驭水），所以能施展引灵术的通灵者，已经强于绝大多数凡人。

✡【附灵术】高级通灵术，为了将灵力进一步催发，或是为了主动改造自己的身体，因此让灵体附进自己的魂魄，与其达成一定程度上的融合。因为任何灵体都有改造寄宿环境的本能力量，所以施展附灵术会在身体上造成明显的表征和变态，这个过程很难控制，如果附灵过度，则会被灵体夺取身体，变成灵体原本的肉身（比如猫和熊），难以复原，是相当危险的通灵术。

✡【化灵术】禁忌通灵术，引燃自己的魂魄，将灵力完全注入受自己驾驭的灵体当中，使得它们能够发挥出远超灵体局限的力量。因为此术不可逆转，一旦施展即意味着自身魂魄的消散，最好的结果就是被自己驾驭的灵体所同化，成为灵体之一，所以只有在殊死一搏或者玉石俱焚的情况下才可能使用。

瓦　猫

高罗人特用的石猫，附有猫灵，安放于民居土房顶部，以及秘室门口，有辟邪镇魔的能力。

牢　猫

高罗众多瓦猫中的一分子。“牢猫”在方言土语里的意思是“老虎”，所以牢猫虽然算作瓦猫，实际上却是虎灵。

苑池养风

是邹若衡所创的武功心法，共有“轻重缓急”四诀，对应四种驱动内力的方式和四种技击风格，“急”字诀里的拳法套路即是后世所传邹家拳。（虚构）

金色琴弦

塞尚吞吃掉自己的灵体之后获得的能力，看上去像纤细的琴弦，实际上是触手状的灵体。既可以修复、缝补魂魄上受伤的缺口，也可以自如地操控和捕捉其他灵体，更可以捆绑住人的肉体，让他们的体感时间陷入停滞，而魂魄所感受到的时间却在不断飞逝。

冥　牙

满罗吞吃自己的灵体之后获得的能力，可以撕咬其他灵体，吞噬灵气，将其消化吸收。被冥牙咬中时，体感时间快速流逝，生命会在瞬息间衰老，而魂魄则可能来不及感受肉身的死亡。

目录

目录

引子

我们如何才能接近这个故事……这一个即将被讲述的、由词句之音搭构、最终在我们眼前建筑成形的故事?

我们不能贸然直接去故事发生的现场,在那时,时间之河的坠势已然不可更移,我们所耳闻目见的,其实是洪流击打瀑中礁石造出的巨响和水雾——虽然那正是最后一场恢宏的戏剧。

我们应该去“河流”的源头看一眼。如此,历史的全貌才能完整地落实在我们的意识上,从而也让我们注视着的人物感受到历史的重量,感受到时间之河如何从他们头上碾磨而过,如何在他们的胸腔里注入富余的怨恨。

河流的“源起”是在何处呢?

我想,这段历史的细流是从先知琐罗亚斯德的脚印里淌出的。当他拄着藤杖奔走于花园与荒漠之间,向诸国的国主进行徒劳无益的布道时,没有人愿意聆听他的——神论教义……人们相信他携有火神阿扎尔之血,但是在众神喧哗的时代,每个人都有许多神祇可供信仰,神的后代早已失去了既有的光晕,对于他的些微通灵能力,人们当作小把戏一般不屑一顾,他像小丑一样受到礼貌的欢迎和款待。难得的是,他深知自己的身份和使命,身为先知的琐罗亚斯德只是自顾自地、朴拙地用自己的字眼和脚步凿出了河床的深度。

不过，时间之河最关键的“转折”和推进，却发生在埃及。

那是在哪儿呢？在四万米厚的岩层底下，在极热与极寒针锋相对之地、恶神们的“冬之坟场”，也即是在“冥府之门”的入口。

这是位于法老金字塔的正下方，仅有一人肩宽的窄洞曲折深入，像天神的肠道直通地狱；一具巨大的骨骸横亘在洞眼里，33 根光滑的肋骨依次浮现在岩壁上；融化的岩壁往内挤压，比铁水更炽热，仿佛太阳把自己的一部分碎片锤进了地心。

如果我们的观察有足够的穿透力，或许能看到涅罗和满罗——先知的弟子，一对双胞胎兄弟——沿着逼仄的“肠道”一点点挣扎、蠕动，极度缓慢地开掘通路，疲累至无知无觉，在一种麻木的状态里不断接近“冥府之门”，接近他们命运的分岔口。

在距此不远的未来，是什么促成了这对兄弟的分道扬镳？他们本就是两种截然不同的人：涅罗永远留意于过去的传统，他热爱诗歌、箴言和流浪者们口口相传的民谣，踌躇满志地要继承师父的衣钵，然而这并非是因为他具备苦行的精神准备，而只是出于一种浪漫气质的驱使；满罗则只愿意面向朝日，凝视明天，他具有某种与生俱来的、昏庸顽钝的远见，对即将诞生的剧变始终抱有过分的热望——这种愿望如此强烈，使得他甚至可以对眼前的人、事视而不见，可以将一个尚未得到实现的新世界满怀感情地舍弃掉，仿佛宫殿的立柱尚未立起，他已过早地目睹到废墟之壮美。

在寻找“冥府之门”的苦旅中，这对双胞胎兄弟被过分地挤压、折磨，以至于变得前所未有过的相似——这场漫长的熬炼让他们首次意识到肉身的负重，使他们内心里的烦恶和恨意像湖底的盐，渐渐凝结起来。

他们共同的怨恨指向何处？大概，既指向他们所置身的这个沉沦世界，更是指向将他们抛弃于尘世的父亲和天国诸神。在最靠近冥府大门的稀薄土壤里，低温已经能把太阳之火生生冻结，仿佛每一片结晶都凝聚着一个冬天，可他们还是不得不把双手插进冻土，用血、肉和咬牙切齿的诅咒去融化冰层。

最终，他们还是触摸到了“冥府之门”，而且是最要紧的拱顶石部分。幸运又极为不幸的是：“冥府之门”正需要他们的怨恨作其养分，刚刚苏醒的拱顶石在二人之间作出了一个本能的选择——它选择与满罗更加亲近，对涅罗则是欲拒还迎，在各自的魂魄都濒临熄灭之时，他们确实无力反抗拱顶石的引诱。正因如此，这一对兄弟是在他们最相似的时刻分裂成为一生宿敌的，从这个意义上看，拱顶石——也即是后世传承的石镜替代了两兄弟未曾谋面的“母亲”，为了争夺它的宠爱，他们纠缠、争夺了 300 年。

300 年后，到了河流正式“分岔”的水道。在远离彼此以前，他们在波斯帝国阿契美尼德王朝的都城波斯波利斯见了最后一面。

让我们把视点转移到城下这座被沙和血覆盖的战场：

阳光透过黄昏般浓重的沙尘射下来，青铜胸甲闪烁着暗浊、污腻的光斑，人与马在高速飞驰中颓然倾倒，一路翻滚，大腿和木弓一起折断。在剑和弯刀吹起的铁风里，人们互相缠抱着倒下，从体腔里泄出的脏器浇在地上。两种不同的语言和无意义的噪声汇集成同一种妖魅的尖叫，诱人以死。

高处的山坡上伫立着成群的灰色石柱和巍峨的宫殿，亚历山大大帝麾下的王牌军队——马其顿方阵已经推进到山坡下面：三排圆盾在方阵正面拼成坚韧的木墙，长矛之林高高竖立在后排，尖锐而不祥的矛尖整齐划一地刺向天空，一直到战马的口沫喷到盾兵的脸上，矛兵才会将长矛放低，平稳地刺入马腹或者波斯人的大腿。希腊人就是用这种迟缓却冷酷的手段，耐心地把整条波斯骑兵防线尽皆粉碎。

雷鸣般的吼声从天而降，往山坡上看，一匹覆着青铜战甲的黑色巨马用塔楼般高耸的马蹄践踏着地面，试图逼退希腊士兵，然而即使是它这种“伪神”，也无力扭转战争局势了：箭雨正像成群的无翼黑鸟掠过天空，射入它的脊背，阿波罗祭司们抛掷出日光精华，灼伤它的五官。它终于只能向宫殿方向发出一声无奈的嘶鸣，拔地而起，凌空遁去。

最后的障碍既已被清除，在马其顿军中等待许久的一男一女开始行动了。男人身着大红色的金丝镶边长袍，手持藤杖，而女人身着宽袖的丝绸白袍，腰带是古典的暗金色，麦色长发飞扬在身后，一只身线优雅的黑猫匍匐在她肩上。两人沿着山坡疾行，轻描淡写地拨开箭雨刀风，无视阻碍地穿越过混乱的杀场。

他们的目标只有一个：王宫内的波斯镜。

然而宫殿里空无一人，一路上只能见到石柱倾塌，火炎蛇行。在他们奔跑而过的地方，成堆的石像倾倒在地，摔裂成大块的肢干，借着微光看去，它们只是一些石像而已——可是他们如此栩栩如生，仿佛还没有失去自己的灵魂，少女和鳄鱼、士兵和巨象、婴儿和秃鹫……人和其他万种生灵一起碎成齑粉，白皙的手指四下散落。

一直走到宫殿最深处，二人才发现，波斯王室仅剩的所有成员都沉默地聚集在这里，阿契美尼德王朝的最后一位帝王大流士三世站在人群中央，他手下那位失败的将军跪倒在地，僵化成石，大流士三世正站在败将的背上，而那面波斯石镜就矗立在这位末代帝王身旁，散发着幽绿光芒。

黑猫弓身尖嘶，人群骚动起来，似被猫叫惊醒。男人一点藤杖，金色丝线从长袍里涌流而下，耀眼夺目——

“涅罗，住手！”女人大声喊道。

“你看清楚！”男人厉声道，“这些人都已经被满罗控制了，是我们的敌人！”

“不行……我做不到。”女人说，语气中隐含不忍，“他们是我的同胞啊。”

“这样想就对了……”石镜居然说话了，“你想要抓到我……那就不得不制造死亡，不得不跨过你们的同类——这些愚者的尸体……他们的灵魂，已然被我化为己有，随同我一起步向永生……”

“永生？你没有得到永生，而是失去了死亡！”男人轻蔑道，“永生不能让你活下去。一旦进入石镜，你就停止了呼吸，吞噬再多的万物灵也不能让你吸入一口新鲜的空气……无法去感受，无法去想象，无法去交换，你只是一个凝固的倒影罢了。”

“如果等待足够久，就可以把你一起吃掉，我宁愿失去死亡……那是多么微不足道的事物啊……我相信，你灵魂的味道一定比他们更加美妙……”

“你听，我们难道不能马上动手吗？他们已经是活死人了。”

“如果他们命中注定要背叛波斯，步入冥府，迎向死亡，我不会阻拦他们……但是，我不能让他们死在我的面前。”女人哀伤地说。

“要抓住满罗，我们再也没有这么好的机会了。你舍不得下杀手，我替你动手！”男人发怒道。

“如果你这样做，那就是把我也变成了你的敌人！”

“……你说什么？”男人不可置信地说。

石镜嗤笑道：“涅罗……你女人的性格你还不清楚嘛……她是认真的……”

男人沉默时许，长叹了口气。“随你吧……”他抖一抖长袍，金线缩回其中，转身走开。

“真没想到……你居然会放我走……你和他大概是这个世界上最恨我的人……呵呵……”石镜发出讥笑的声音。

“我并没有打算放你走。”

“什么？……”

“我会放你离开波斯。”女人说，“但我会一直追踪你，跟住你，你去哪里，我也去哪里，我追不动了，还有我的弟子，而我的弟子们还会教授出更优秀的后代……直到把你逼向这个尘世的角落，直到你无路可逃……满罗，我与你之间，不死不休。”

“不死不休吗……我很期待……”石镜狂笑道，“我们就来试试看……看谁先到达天国，谁先到达冥府吧，玛那依！”

时间之河的“流向”在此完全锚定，此后他们的命运于是顺流而下，各自奔向终焉。

序章

1940年11月2日，云南昆明。

按说入冬以后，昆明城这方旱地是下不起雨来的，今天不知怎么，天色还没亮透，就有雨星子落下来沾着人脸，朝天上望望，丝线纷乱，飘摇难定。滇军新编第一集团军（不久前由滇南作战军改组而成）要开拔前往蒙自驻扎，护国门旁放过几声炮仗，远不如将士们远征荣归那天来得热烈。

集团军第五旅第二营营长刘殷站在队伍里，眯着眼向近日楼上看，正在做动员讲演的卢司令和他身边的龙主席一起夹在他的眼缝里，变成一般粗短。在集团军里混着有前途没有啊？朱冲大哥还有没有希望向上爬一爬？司令和主席不和的传闻到底是真是假？这些问题刘殷已经翻来覆去想过好多遍了，最终都只是把自己想糊涂也想急躁了。蓝棉制军服上冒出一点一点显眼的雨渍，和骨头里的瘙痒一起渐渐扩张，这让刘殷开始惦记起木匣子里的宝贝烟枪，从而愈加焦躁不耐。他过于用劲地掸了掸军服，此时脖颈后面忽然一阵发痒，仿佛有一只黑猫正从他肩上蹑过。

做生意的摊贩们把南屏街的主干道让了出来。包子摊从路边挪到了药店的招牌底下，还在接着做生意，体态丰满的老板娘后仰着上身掀开蒸屉，热气从蓬松的毛边白布下面扑出来，一团一团打着圈儿。“要什么馅儿的？”“要素的，十个。”“哟，小师父看上去这么清秀，食量倒是不小啊。”苏我真鹿皱了皱眉头，他最讨厌别人论及他的相貌，更讨厌中国女人把眼光盯在他脸上，就像油腻的苍蝇让他厌烦。他接过包子，用眼角余光瞄着城楼上那两位云南军阀的最高领袖，不自觉估算着高度和距离。风把某种特别的腥气送进鼻子，这种气味对苏我真鹿来说比任何肉馅的香味都更加诱人。是谁？他猛地回过头去，紧盯着围观卢汉演讲的人群。就在这群人里面，有一个“伪神”。

在半公里之外，某家食客寥寥的酒楼上，法国人塞尚品尝着一杯据说酿了20年的药酒，心不在焉。他比苏我真鹿更早察觉到那股腥气，实际上，他能清楚地感知到那只流浪兽魂的欲念和性状，还知道它从南方、从群山之中来，并因此产生了极大的兴趣——但他很快就把它给遗忘了，因为它选择附着在一个不甚健康的少年人身上，和弟弟的口味并不相符。塞尚让清苦的液体在唇齿间滑动，同时把自己的灵体“金色琴弦”松弛地放出去：在这个干燥的城镇里，它们需要更加潮湿、广袤的地方来舒展和放松自己。“琴弦”穿过窃窃私语的跑堂小二的口舌，越过互相交叠的屋瓦，一丝一缕分开，向更远更高的地方飘荡过去，某一根伸入了昆明城上空的云气（晚上将会下起一场不小的雨），某一根沿着泥砖匍匐前行，将数十只睡着的火蚯蚓惊醒，还有一根从南门飘了出去，向着接近两百公里远的蒙自，向那个他寻找了两千多年的人延伸至极限。

亲爱的弟弟，我找你来了。

何魏绕着围观人群疾走，因为走得太赶，怕手心出油汗，所以把白玉镯子仔细地拢在袖子里。他前瞻后顾着，脚下严格踩定“轻”字诀里的“萍踪步”，足跟悬空，一点一沾一旋，飘飘然从人群的间隙里穿插进去。

他走得虽快，却不敢放松警惕，单论“轻”这一字，那个人学得比他更好，用得更巧。忽然前方人影晃动，一位年轻姑娘一个踉跄跨出去两步，恰好堵住他的走势。他步履不停，绕着右脚趾一旋，从容避开，没想到姑娘背后伸出一只纤纤玉手，笃定地扣在他的手腕上。何魏吃了一惊，头上霎时冒出一层细汗。

“师哥，你还是让我追到啦。”玉手的主人，一个十七八岁的俏丽少女笑盈盈地说。

何魏苦笑一声。“莹莹，这镯子真不能借你玩儿。”

“怎的这么小气？我只是看一眼，又不拿走。”

“看看倒也可以，不过这白玉镯是飘花的，贵重得很，实在不能过你的手。”“欸，我还能给你摔了？”邹婉莹瞪大了眼。“……上次那个青玉盅怎么说？”

“那是、那是——哎呀，不管，我一见这镯子心里就喜欢，你非得让我仔细瞧瞧不可。”

那就是要硬抢了。何魏拿她没办法，只能打起精神应付。师妹武学天分奇高，奈何性子躁进，“轻重缓急”四字诀囫囵式地学了过去，说是甩开他这个愚钝师哥好大一截，实际上底子有限……不过话说回来，婉莹在“轻”“急”二字诀上确实得心应手，这种近距离内的见招拆招，何魏基本上是要落在下风的——所以他没打算与她缠斗，刚用指节、掌尖对了几招，他就兜住她的手肘，施展出“重”字诀里的“开明手”，一招“隔岸观火”把师妹向外推出去。婉莹接连拆出六招，试图缠卷何魏的手腕，怎奈“轻”撼不动“重”，只能干瞪着眼向后退开。

正当何魏凝神发力的时刻，一道锋锐的寒气渗入双肺，他不由咳嗽出声，喘了小半口气，一阵眩晕袭来。婉莹从手指上感觉到师哥力道变弱，趁机卸去他的重手，脚下一沾一绊，让何魏一跤坐倒。

不明就里的一小撮群众还以为小夫妻打仗，立刻围将上来，指指点点，婉莹没想到闹出了动静，觉得自己让师哥丢了面子，不好意思地蹲下来搀他，扶了一扶，何魏居然一时间站不起来。“师哥，你摔坏啦？”邹婉莹惊慌失措地问道。

“不、不是……”何魏摇摇手，又咳了两下，“可能是发烧了。”

第一章

兽变

11月3日，三更，云南昆明市府前街。

临近三更，梆子在街尾响起，隐隐约约，不情不愿。

夜色淡如水墨，雨势未见停歇，零散的雨珠被强风甩在各家各户紧闭的门板上，犹如敲出一阵细密的行军鼓声，仿佛雨帘下正有魑魅魍魉疾行于市。

打更人老刘从府前街那头慢吞吞地走过来，打着伞，被大风推搡着，左摇右晃的。白天这雨下个没停，膝盖骨酸痛得难受，他吃过晚饭，就把家里的酒坛子起了出来，想借老白干的辣劲去去湿气，一不小心喝得口滑，差点粘在板凳上睡过去……

话说回来，现在也没人乐意在夜里听到打更的动静。光是上个月，日本鬼子的飞机就来了五趟，把昆明城炸得够呛，连大学这种教书上课的地方都没放过……唉，小日本不也是人吗？怎的心就不是像肉做的呢？

现在昆明人个个都神经紧张，听不得太大的响动，白天在街上走路都养成了习惯：走一小段，就要抬头望望五华山，看看山头铁塔上有没有挂红灯笼，挂了的话，又挂了几个……

走着走着，老刘似乎听到了一阵浑浊的呼噜声。

谁家打呼噜这么响？跟小汽车似的。

老刘在雨声中费力地分辨（我是不是闻到了什么油膏的香气）。

好像是从“金玉堂”传出来的声音。这家铺子是卖“石头”的，老板何绍郡听说为人还算正派，因为掺和赌石的事情得罪了一些同行，店铺生意冷清，时不时挂出牌子闭门停业，一副要关张大吉的样子，过两天又若无其事一般开门迎客，让人搞不清楚状况。

老刘走进金玉堂门口，把伞柄向外倾斜着，往里站了站。屋里的“呼噜声”震得门板上下抖动，他不由得伸出手去，想要把它按住——然后他忙不迭地把手指抽了回来。

门板居然在发烫，仿佛刚刚泼了一锅热汤上去。难道是走了水？

老刘酒醒了一半，他定了定神，后退一步仔细看去：果然，门缝里冒着红热的微光，应和着“哄喷哄喷”的节奏起伏闪烁。他没多想，把雨伞一合——积水“哗”地淋在头上——使劲往门上敲。

“何、何老板！”他边敲边喊，“何老板，开门哪！走水啦！”

怪异的呼噜声戛然而止。

“何老——”

金玉堂的九扇门板一齐向外崩开，碎石、砖瓦和炭火直喷出来，一帘雨水在高温中蒸发成了雾。

木板的弹性把老刘送到了路中央，他面皮发烫，头顶直冒白烟，膝盖几乎都要摔裂了。他都没顾得上疼。他呆若木鸡地瞪着一个人一步跨到了他面前，带起一股腥风，它的双眼黑得看不见底，牙齿像铡刀一样竖立着垂到胸口，上半身筋肉堆结，比水牛还要粗壮，而它的下半身，却是光溜溜的一双人腿。

这是一只虎头人身的、货真价实的怪物。

老刘吓得失禁了。他一点也不难为情，此时此刻，他宁愿自己是一摊泥。

有谁吹响了一片叶子。五六个诡秘的身影从左邻右舍的屋顶后升起，三四个蒙面人已然跃到上空，作出向下围击的态势。

怪物仅仅有空和老刘对视了两秒钟。它的瞳孔就像一口即将爆发的井，井底有黑色的洪流无处可去，非要在如此狭小的空间里翻滚、挣扎，把土层和地表连骨带皮地撕扯开。

它说："冷。"

老刘晕了过去。

冷啊。真冷啊。

它在巷道里奔跑，用人的双脚，用虎的指爪。雨水浇打在背上，冰冷如针，它喜欢这种新鲜的刺痛，痛感能够证明：它确实拥有自己的肉身。

身体里的热把水汽不断蒸发成雾。脱身而去的雾气向后疾飞，在巷道上空悬停住。

一个蒙面人从白雾中穿出，像一只驼背的大鸟向右上角斜飞，寻找合适的截击角度。"咄！"他低喝一声，细如白骨的手指交叉合十，然后向前猛挥，青黑色的长指甲相对摩擦，五粒耀眼的"火星"凭空迸出，它们看似轻飘，却循着直线穿透雨帘，窜向逃亡者的后颈。

或是因为闻到了焦煳味，虎人察觉到危险，低头、弯腰、扑倒，紧贴着一地湿泥向前滑去。高热的气团接连掠过耳后，然而"火星"并没有落在空处，像是对它的动作早有预料，它们集中对撞于一点，向四面溅开，跳到墙上又弹回来，穿梭往返，轨迹变幻莫测。

它不得不一挺腰，把自己推向空中。一粒火星从侧面击中它的肋骨，犹如一颗燃烧的石球。接着又是一粒撞上来。难以形容的灼痛从裂纹中刺入，它发出了沙哑的痛嚎。那一瞬间，纠结的魂魄像花生壳一样对半打开，何魏和抢夺他身体的兽魂分离开，各自承受各自的痛苦。

何魏短暂地醒过来。喉咙里冒出热腾腾的血气，他在泥水里疲软无力地挣扎，像一条汲满水的被单。有人把脚踩在他的后脑勺上，往下用力，让他吃进去一嘴泥腥。

清越的叶笛响起，然后迅速远去，升上天空。

他的胸口死命地抽搐。有一只粗糙、干裂的“爪子”在贪婪地摸索他的魂魄。它是什么？它在找什么？

“是我先逮到的，没眉毛的小子。”一副难听的尖嗓子得意地说。

何魏蜷起身体，脊背往上高高拱起，就像一只发怒的野兽。“井”中轰然炸出浓稠的激流。何魏被猛地拖拽回去，拽入灵魂里的深井，同时，另一个狂暴的兽魂趁机从“井”中窜出来。

“你这畜生！”

它向脑后挥出右爪，得到一声惨哼。

蒙面人向后跌退，左边裤腿被抓得稀烂，露出三道焦黑的伤口，他一边咒骂着，一边急促地弹动锐利的指甲，一道白亮的弧光跳了一跳，倏忽跃上大拇指的指甲尖。

它视而不见，展开双臂撞了过去。两人一触即分，蒙面人横飞出去，在雨中滚成一只粽子，而它被电得半身麻痹，灵体抖个不停。

真冷。它的皮肤进一步发热胀裂，流出丝丝血水，而它的灵体却只想要缩紧成一团，躲在宿主的孔窍里面取暖。它想起那一片灵气干涸的森林，想到穿梭在石壁里的根须灵脉，还有自己寄居了两百年的石虎之身——为了贪食一点新鲜的灵气，它跑得太远了。

一只沉重而冰冷的大手压上它的肩膀，力道惊人。

“到底还是俺的。”一个干燥的、毫无情绪的声音，和血一般的铁锈味。

它膝盖一软，仿佛不堪重负，朝地上跪倒。背后那人没有预料到这一变化，手上抓了个空，只能看着它收腹抬脚，猛蹬他的小腿。

然后它的耳朵被震得嗡嗡作响，痛感从脑中溢出，灌入失去知觉的双脚。敌人才退了一小步，就俯身向下挥出一拳，直奔向它的脸，手背上凸出的青铜鼎纹在它眼中迅速放大，仿佛是要给它印上一个巨大的烙印。它紧并手肘勉力格挡，重拳压得上半身往下一沉，整个人要陷到泥水中去。

第二拳落在腹部。它昏迷了半秒，五脏好像一起挪了位置。

“把它的舌头拔下来！”瘸着腿的蒙面人恨恨地说，“拿去泡酒！”

一只大手牢牢压住它，另一只伸向它的下颚。

肺叶拼命地、行将枯死似地搏动，绒毛状的火苗被扇动着汇成热流，顶上喉管。痛苦使它畏惧这一具肉身——一棵由内向外焚烧的树。它紧紧咬住牙关。

在它马上要憋不住的时候，那张脸终于靠近了，回旋收缩的不规则弧线让他的鼻梁和嘴唇向同一边倾斜。这个人没有眉毛。它张开嘴，蓝色火舌猛烈窜出咬中敌人的歪嘴，他闷哼一声，向后跌退。

它及时翻身爬起，四粒“火星”循着“之”字形弹跳，封住了向前方逃走的路线，逼它纵身跳上巷道的墙头。体内灼烧的剧痛让它踉踉跄跄站立不稳，蒙面人紧跟着跳上来，仅靠右腿就稳稳站住，双手各并二指成剑，摆出一副守势，橘黄色微光从侧面照亮了他的指甲，和半空中乱舞的雪粒。

它下意识向右边瞄了一眼：不远处有一道火线在蔓延，断断续续爬过好几户人家，烟气隔着狭长的水道飘过来，带有草木灰的气味。烧穿屋顶的火焰在它眼底留下淡绿色的印子。它不关心有多少人被烧死，但它也不想在这时候闻到人肉的焦煳味。

“轰”，身体突然往下一沉，和着一摊碎砖裂瓦砸到地上。无眉男举起击碎墙壁的右手，并成手刀往它的喉咙斩下！

“停手！”

无眉男动作一滞，它趁机抬腿，把砖块刮向他的面门，然后往旁边一滚，扒着湿泥向江面跑去。背后没有脚步声，但它可以感觉到，包裹在刚才那个声音里的若有似无的“嗞嗞”声还黏附在耳后，如同从未谋面的天敌让它牙根发酸。

只要能跳到水里——

“站住！”

一道抽空了此间所有寒意的锐气刺进它的肩胛骨，向下轻轻一划，像切开生鱼片那般优雅而富有余暇，冷冽至极的刀劲撕裂着它的肺。

它痛嚎出声，呼吸断绝，伤口迸出蓝白色火苗，把刀锋一时震开。它像挣脱了鱼钩的假死的鱼儿，用尽全力扑到水里，向深处潜去，不停地拨开沉重如石的水流，不停地，不停地……

苏我真鹿站在水道边上，脸色平静如水，手心里把玩着一片黄叶。

对岸传来哨音、哭救、乱糟糟的呼喊，还有人们把井水泼到窗户里时蜷缩的火焰发出的低语。火光和着烟尘把夜空稍稍抬高了一些……

师父站在荒草蔓蔓的庭院中央，拄着菊一文字[①]，笑着说：“照亮这黯淡的天空吧，阿秀。”月薄如纸，火焰攀上他钟爱的那株樱花树，舞蹈着，吟唱着，仿佛妖魔的烛台……

“那畜生呢？”

① 菊一文字，全称菊一文字则宗，镰仓时代名匠一文字则宗所锻造的太刀，是日本皇室的御制兵器，据传曾为幕府新撰组武士冲田总司持有。

苏我真鹿闭上双眼，等了等，才转过身去。

一个中年男人一瘸一拐地走过来，原本用来蒙面的方巾被他解下来绑在小腿上，脸上的鹰钩鼻很是醒目。他不客气地说道：

“辛辛苦苦忙了大半夜，就为了逮它，你就这么给放走了？”

苏我真鹿冷冷地说：“死的有什么用？”

“那也不能——”

“黑马桑。”

“唔。”另一个男人慢吞吞应道，他几乎就像一个纸刻的浮雕，浅浅地从黑暗中浮凸出来，露出干瘪的胸膛和光秃秃的眉骨。

“你觉得这只‘伪神’成色如何？”

无眉男摇摇头。

“弱猫一只。”鹰钩鼻插话道。

“和茱儿相比呢？”苏我真鹿又问。

无眉男犹豫了，大概是需要斟酌一下用词。然后他说：

“茱儿那种类型俺没见过，稀罕。它这种到处都有，常见。”

鹰钩鼻哼出一声嗤笑，响亮得像一记喷嚏。

苏我真鹿仿佛没有听见，但他的右脚向外侧挪了一小步，鹰钩鼻看在眼里，皱紧了眉头。风向好像变了，对岸的嘈杂突然变得微不可闻。

“我们没有资格挑食。”苏我真鹿低声说，“相比于我们要实现的伟业，相比于我们要从它身上掠夺血肉的这头巨兽，我们的力量微不足道。就算是一只苍蝇，我们也用得着它的肮脏和聒噪。你是否同意，黑手桑？”

鹰钩鼻已经被凝聚的风势吹得睁不开眼，冻得牙齿直打架，心知肚明是日本人用阴阳术作的祟。“是是，同意。”狗日的，总有一天一定会除掉你的，他恨恨地想。

苏我真鹿点点头，解开了手心里暗藏的术式。

“黑马桑，麻烦你让你的‘魇马’去追踪‘伪神’吧。”

“它已经追出去了。”无眉男不慌不忙地说。

11 月 3 日，四更，虾山。

嘚，嘚，嘚，嘚。

雨水沿着洞口的石壁滑下来，滴到何魏的脸上，背部肌肉剧烈地颠簸，仿佛被马蹄踏中。魇马正在潜入他的梦，它的鼻息把每一个局部都沾染上衰败的灰色……

风穿过他的肾，发出陶埙般的呜咽和哀鸣。身体里好像长满了洞眼，它们相互贯穿，形成音律的迷宫。

这是在梦里吗？一个多么苦涩的梦啊。

金钩缓缓扭转，滴下油腻的体液。他挂在这对生锈的金钩上晃荡着，双脚怎么也踩不到地面，脚跟老是磕到自己的鼻子……他在哪里？他是从哪一个方向凝视着自己的大腿和抽搐的脚趾？从前面？……他看起来不像是一个人，而是一匹被剁掉蹄子的马。

肩膀中间的伤口热烈地绽开，像一朵腐败的花，生命流失的气味无比强烈。

往花蕊里看进去，在深邃得失去颜色的地方，居然有一道伤口。

为什么在这个魂魄深处，会有这么深长的伤口，就像一口挖掘已久的井……而且，啊，伤口的边缘如此光滑、饱满，仿佛里头藏着一只成熟的名为“空无”的果实……

魇马把鼻子探入井中细嗅。

嘶——

它闻到了虎灵的金属味，还有其他兽魂遗留下来的臊气……它们大概都曾在井底高兴地奔跑、撒野，以为找到了梦寐以求的宿体。错了。如此宽敞的空间，不是为它们准备的，而是专门开辟给一个体形臃肿、食欲惊人的老灵魂……

魔马打了个响鼻，喷开多余的污秽气味，滑向井底。

果然，在井底的中央，有一个小小的、工整的齿印，整个伤口皆是从这一小处缺损衍生而来。

掘井的那人——不，那张嘴，在齿印上留下了灵体的特殊气味。

闻一闻。再闻一下，以作确认。

“是你啊！”

无眉男兴高采烈地吆喝出声，把站在他身边的鹰钩鼻吓了一跳。

第二章

父子

11 月 3 日，申时，虾山。

何魏睁开眼睛。天光惨白，像一道油漆印子。

一个男人坐在山洞外一方石墩上，佝偻着背，手里在忙活什么，他的汗衫背后沾满青绿污渍，跟长了苔藓似的。

何魏想喊他一声，差点咕噜一下，把嘴里一个扁圆温润的东西吞下去。他用力咳嗽，引得肺和气管阵阵灼痛，才让那玩意儿从嘴角滑出来：那是一枚深青色的玉佩，几道极细微的紫色纹路藏在内里，形状好似叶脉。

男人直起腰，仔细地瞧着他，好一会儿才问：

“醒了？”

这可问得奇怪，睁着眼可不就是醒了么？

“嗯……”何魏说，然后发现自己的嗓子比那些抽烟土的人还哑，“爹。”

何魏他爹何绍郡扶着膝盖站直，伸了伸腰，拾起地上的铜钵走过来。

父亲体态清瘦，个子很高所以有点驼背，皮肤接近古铜色，他的眉毛中间有一道竖纹，深如刻痕，眼窝凹陷，眉骨高耸，让他的眼光好像需要耐心地跨越一段距离才能递送到位置，可一旦落定，又会显得过分专注而难以动摇。因为近视，他眯着眼睛看东西的时候总是过于用力地皱眉，让他的面容显得有些愁苦，而如果戴上他那副圆眼镜，他看上去就比较像一位不苟言笑的私塾先生，甚或者是一位牧师——用师妹的话讲，就是“站在尖顶寺庙里念经的人”。

总而言之，父亲和其他做玉石买卖的商人很不一样，同行们大都觉得他不怎么好相处，这一点连何魏也有所耳闻。只有在把玩和欣赏玉石、玉器的时候，他的眼和手才会柔和起来，整个人变得易于亲近，所以何魏记得住的那些父子俩一起度过的时光，都是在深夜里父亲跟他讲解玉之“性情”的时候。

不过，那也都是很久以前的事了。

父亲蹲下来，捡起青玉佩在衣襟上擦擦，然后举到眼前，对着日光端详。

“这是什么玉？”何魏问。

“认不出来？”

“呃……”何魏判断了一下玉佩的透明度，“次一等的岫玉？杂质挺好看的。”

父亲不置可否，把青玉佩递到他手里。

“带在身边，别让它离身。”

何魏攥着玉佩，用手撑住上半身坐起来，一边环顾四周：山洞入口不算低矮，但也就比他父亲高两拳头，从他躺的位置再往里走，就得贴地爬行了，洞外异常安静，草叶湿润，没有干透的泥印子一路延伸到父亲脚下。

他身上盖着一件藏蓝色长衫，掀开一看，贴身的衣物不是昨晚睡前穿的那几件，再一摸后背，一条长毛巾绑住他的右肩，肩胛骨上有疼痛和麻痒感。

何魏这时才觉出些不对劲，他不安地问：“这里是哪儿？”

父亲没有回答，他扶着何魏的手臂，把打结的毛巾解下来，摊开，毛巾中央有一小团发黑的血迹，还有一层暗红色的碎屑。父亲抖掉碎屑，把毛巾翻过面来折了两道，把血迹压到下面，然后拿起铜钵朝下倾倒。

火红色的颗粒落在泛黄的毛巾上，一圈一圈向外铺开。

“爹，”何魏大声问道，“这里是哪里？我梦游了多久？”

父亲叹了口气，“虾山附近，快到松华坝了。”

何魏内心震颤，胸闷如窒。

从府前街到昆明城北边的松华坝，中间这二十几里路，他是睡着走过来的。这就像蒙着眼睛走钢索……他是“走”过来的吗？后背上的伤又是怎么回事？

父亲把毛巾再对折一下，绕着他的右肩重新绑紧。“试试看走得动走不动，我们得在天黑前回城。”

昨天晚上到底发生了什么？何魏自顾自凝神苦思。

下午他从李掌柜那儿拿到白玉镯，回铺子的路上差点被师妹“打劫”，两人在大马路上切磋了一下功夫……然后他突然觉得身体很不舒服，头晕、恶心，好像受了风寒，额头还有点发热，由婉莹陪着走回金玉堂……后来实在支撑不住了，他把门板都合上，到里屋裹了一床被子闷头睡觉……

再然后，就是无声无息、无光无影的梦境。

不。还有……还是有一种残留的印记，还有一些瞬间闪逝的片段，一丛熄灭之后相互分离的烟尘，一系列把火焰剪碎迸射出的光粒……何魏强迫意识把它们一粒一粒捏合起来……

“魏儿？”

内脏燃烧的剧痛。泥中水和水中泥的涩腥味。在重新集结成壳状的、痛苦和恐惧的感觉中央，何魏确凿无疑地感受到，在空空荡荡的魂魄中央曾经受过另一对指爪的抓挠。

那在里面的不可能是他。

但如果不是他，那是谁？

何魏扶着石壁，不停地干呕。父亲轻轻拍打他的后背，沉默不语。

【何绍郡】

他走得越来越远了，何绍郡想。

从何魏小时候起“梦游症”就跟着他。五岁那年夏至，他半夜从二楼走下来摸进厨房，生吃了六根萝卜，被何绍郡发现的时候还在往嘴里塞一卷白菜。父亲点着灯跟他在一楼兜圈子兜到了凌晨，魏儿逃起来就像兔子一样快，天亮前，两个人都累得差点晕倒。

何绍郡本来以为儿子是在梦游。他自己六七岁的时候也有这毛病，没多久就好了，但是观察到何魏的动作怪异，他又不很确信。

于是他带着何魏去看医生。老中医给开了一副镇静心神的药方，照着吃了两个礼拜，貌似见好，结果魏儿又在夜里跑出去，一路跑进昌福记的库房，躲在里面大啖蜜饯干果。库房的门窗都是锁好的，只有二米多高的位置上留着一个小气窗，何绍郡盯着那个入口，头皮发麻。一个五岁大的孩子是怎么从那里爬进去的？

慢慢地，他心里开始明白，魏儿患上的病绝非“梦游”——虽然自己一直用这个名目来敷衍他——他是被邪祟附了身，所以才会时不时表现出动物的习性，才会跑去旧菜市场和流浪狗打架，才会捂着耳朵藏到床底下，一边发出小女孩似的幽怨哭声，一边撕咬自己伸过去抚摸他的手。

往后十余年来，何绍郡走遍各省各地去搜寻珍奇玉石，大海捞针一般筛洗出那些确实能驱鬼辟邪的灵玉。除了一点不堪大用的药理和微不足道的通灵术，他也只懂玉，所以指望着用它们来保护魏儿，创造一个他能在其中安稳生活的地方——金玉堂。

因为总是要出远门，他常年把魏儿托付给义兄邹若衡照顾，邹兄在通灵方面倒还不如他，但是邹氏武学的心法心术可以帮助魏儿凝固精神、抵御外邪；不需要出门监运跑货的日子，他就待在小西门下棋喝茶，黑提包搁在脚边，里面装着震慑邪祟的普陀“菩提玉”，治疗冻伤的日本“火蜥玉”，可以感知附近妖灵异动、而后衔尾追踪的缅北“蛇眼翡翠”……还有常备的伤药补药，瓶瓶罐罐不一而足。

如此这般小心，还是无法改变甚至动摇这样一个事实：魏儿每天、每时、每刻，都活在岌岌可危的局面之中，那些原本在荒山野岭里游弋的幽魂，好像偏偏就是要穿过半个昆明城，在共同步入沉眠的芸芸众生中找到他、夺走他……昨晚的那场大火，更把这个事实牢牢地熔铸下来。

难道他注定是一个无能为力的父亲?

或许早就应该听从义兄的劝告，把魏儿送去玛那依山……但是他做不到，他绝不能再让魏儿接近那面石镜……为此他宁愿做一个自私、自负、心如铁石的父亲。

这样，长久以来的悔恨就会像铁水一样浇注、凝固在他心上，不流失分毫。

【何魏】

“爹。”

“能走吗？”

“差不多。爹，你是怎么找到我的？”

“以后跟你说。”

何魏跟着父亲走出山洞。日光淡漠，近于石灰。

父亲拎来一个黑提包，还带了一把油纸伞，搁在石墩下面，伞顶糊着一层泥。何魏握着折叠的伞面把伞拿起来，感觉手腕酸软。总不能梦里走一趟连功夫都废了，他心虚地想。

何绍郡垂眼瞥了他一下，没说什么。

两人沿着平缓的斜坡向上走，穿过树林，脚下踩着干脆的黄叶，叶脉折断的声音衬得周围愈发寂静。树荫像云朵一样聚合起来，把他们笼罩住，他们走在林间，就像走在蓝幽幽的晚霞里，直到一种流动不居的声音涌入到寂静里，空白在树木的间隙中渐次显露，然后树荫忽地整个儿敞开，明亮的江水立刻出现在他们眼前。

他们已经走到了盘龙江边，沿江向西走，就能看到松华坝，还有上坝村的民居。

何魏越走越稳当。师父第一次教授他武功的时候就着意提到，邹家拳的心法“苑池养风”不只能养出一股“轻”捷“轻”巧的内劲，还可以借步法催发精气加快贯穿脏器和丹田，修行一天，抵得上十天半个月的休养调理。现在他正是谨念着这一心法，走路才觉得轻松些，连带着肺里的痛楚都缓和了不少。

父亲冷不防突然止步，作出一个“嘘”的手势，何魏吃了一惊，紧跟着站住。

“谁？”何绍郡面朝昏暗幽静的树林问道。

除了江风入林拨动树叶的声响，没有什么异动。然后，从十来步远的一棵大树后面，迈出一只小脚。那是一个六七岁的小女孩，小脸白腻，乱发披散，穿一件破旧的小棉袄，一对光溜溜的泥脚直接踩在地上。

“你是哪个村的？”何魏开口问。

小女孩怯生生地看着他们，一副不敢靠近的样子，突然一瘪嘴，啜泣起来。何魏下意识想走过去，却被父亲一手拦住。

“站着别动。”

父亲伸手入怀，摸出一个玲珑通透的翡翠镯子，平放在手掌上。粗看一下，透明的玉质里有丝丝缕缕的绿烟，像是高品级的冰种翡翠——可是绿烟居然渐渐缩紧，朝向小女孩所在的方向凝聚，形成一只细长纤美的“眼睛”，左顾右盼，仿若活物。然后，何魏眼睁睁看着它顿住，实打实地“瞪”了一眼。

一瞬间仿佛有绿电闪过，小女孩像是被什么蜇了一下，哭声戛然而止。咯、咯、咯……她反而开始窃笑，声音忽而低沉厚重，忽而沙哑刺耳，竟然同时发出了一个中年男人和一个七八十岁老太的笑声！

“快走。”父亲说。何魏回头看去，她脸上的笑意仿佛怪异地结合了不同年龄层男人女人们的表情，既让人觉得毛骨悚然，却又忍不住想多看一眼。

走出去二十来步，远远地，传来沉闷的震响，一下接着一下：咚、咚、咚……震动渐强，几片枯叶在他们面前落下枝头。

何魏虽然不明所以，却也直觉感到情况不妙。

“这边走！”父亲低声喝道。

沿江走动太过显眼，他们偏离原来的方向，朝树林深处疾走。何魏按捺住向父亲发问的念头，把心思用在调节呼吸和催动心法上。

是谁在追他们？又是为了什么？

天色昏沉，父亲只凭着翡翠“绿眼”发出的那点光寻找通路。他们离上坝村不远了，但如山岳般沉重的脚步声也已经近在咫尺，父子俩的呼吸都变得急促紊乱，脚步不断地磕绊着，跌跌撞撞。“绿眼”变得愈加明亮，直愣愣地注视着他们身后。

父亲忽然哼了一声，消失在前方。何魏来不及吃惊，自己也脚下一空，向下滑去，脊背被一块凸出的石头顶了一下，跟过了电一样疼。他想立刻站起，可有一只手环过来，捂住了何魏的嘴，他一时不敢动了。

他们掉进了路边的一个坑洞，如果追来那人路过的时候低头多看一眼，他们怎么都逃不掉。

果然，脚步在洞口附近放慢了，停滞下来。

一个干燥的声音说道：

“他们往哪边走了？”

（他好像听过这个嗓音……在什么时候呢？）

有一个钢丝般紧绷的声音回应道：

“消失了。听不到。在这里，消失了。”

（追过来的是两个人。）

“你仔细听听，会不会就在附近？找找他们的心跳声。”

何魏胃里发紧。这人连他们的心跳都能听出来？

一阵短暂的沉默。

“听不到。你心跳，太大响，像打雷。”

“那咋办？俺走远一点让你听？”

“不不行，看不见，我跟你。”

“……你是不是非得三个字、三个字说话？听得俺耳朵疼。”

“你找找，找找看。在这里，逃不掉。”

“……”

“不说话？”

“俺夜里看不见，俺是夜盲。”

“……你跟我，很像。”

“像个犊子！”

两人一边拌着嘴，一边走远了。

何魏探头瞄了一眼，确信附近真的没人了，才爬出坑洞，再把父亲拉上来。

何绍郡顺手拍了拍何魏的后背，拍掉一些尘土，又拿出翡翠镯子观察。镯子上的“眼”略略指向那二人走开的方向，随后慢慢散成绿烟。何绍郡见此方才放心了些，把翡翠收回怀中。

从村子里传来一声响亮的狗吠，宣示了方向。他们父子俩还有一段夜路好走。

回城的路途漫长得难以想象，也没有想象的依据。睡意像风筝一样提拎着何魏的后颈，忽而就让他离开地面，飞入温柔如棉的黑暗云层里，他偶尔才能感觉到身体和大地的摩擦，然后为此惊醒。他仿佛又回到了梦游的状态，以一种不能自主的下坠的姿势。

是真的要走这么久，还是他的身体夸饰了它所受到的疲累？他不能不惊讶地想起，他曾经在无知无觉中走过这段路，他的双脚丈量出的距离，或许正可以比拟为他的记忆所失去的那段长度。这一小段人生是真真正正地消失无踪了，何魏如此切身地体验到了这个事实。

经过月牙潭的时候遇到了麻烦，两个当值的烟枪兵拦住他们，手电筒的光尽往父亲的衣服和袖口招呼，而听他们盘问的语气，还是比较失望的：

“干什么的？这么晚还出来浪！”其中一个络腮胡厉声说道。

另一个嘴里一直在嚼东西的小平头接口道：“看他们这副样子，说不准是刚办完事儿呢。”

两人呵呵怪笑起来。

何魏忍住怒气，说：“我们就住在圆通街，现在是要回家去，没心思在这儿浪。”

何绍郡出声道：“军爷可认识邹若衡邹师傅？”

“谁？”

“邹家拳邹师傅，那是在下义兄。”

小平头用手肘捅捅络腮胡，“有这么一人，听说还是龙主席的拜把子大哥。”

“兔子这么说就这么信啦？我还想当卢司令他家女婿呢！”络腮胡说，“嘿，龙主席，我们只服卢司令。把你那黑包拿过来，我们要检查检查。”说着就把手伸过来，要抢何绍郡手里的黑提包，何魏左手一动，掐住他的虎口。

“你这兔子还会点功夫——哎哟，我手指——”

何魏身心疲惫，手上就没怎么控制力道。

小平头慌慌张张抱起土枪，就跟抱一只母鸡似的。

络腮胡疼得直喊：“放手，你小子敢在昆明地界造反！？”

何魏正犹豫着要不要干脆动手算了，络腮胡倒是不喊了，而是两眼发直地看着他身后。

何绍郡把一块白玉牌拿在手里，“这是仿造的‘子冈牌’，在市场上能值不少钱，二位军爷不妨拿去——”

嘭。嘭。

何魏爽利地接连切中二人后颈，把他们放倒，看到父亲盯着他看，不由说了一句：“不划算。”

何绍郡没有说话，接下来这一路，他沉默如常。

进了小东门，何绍郡没有在圆通街上停下，直接沿着青年路走下去。“爹，走过了。”何魏讶异地说。

“我们不回家。”

“那去哪儿？”

“去节孝巷。”

何魏一愣，“去我师父家？”

“你待在你师父那里比较安全。有他管着你，我也放心。”

“……爹，我们家一卖石头的，能遇上什么危险？”

何绍郡又不言语了。从小到大，何绍郡很少会把自己的意思跟何魏说全，按理说何魏都已经习惯了，但是这次，何魏尤为感到无望。他能说什么呢？

都走到节孝巷 13 号门口了，何魏也没想出什么来。

何绍郡把整个黑提包交给了何魏，“这个包你要一直带在身边。里头都是什么、该怎么用，我都写在本子里了……嗯，金玉堂的事你不要去管了。好好待着，听你师父的话。”

“爹……”

父子俩面对面站了一会儿，好像真有什么还需要说的话，需要问的事情。然后父亲转身走了，他低着头隐没到草墙树瓦之中，在云和月降下的阴影之林里穿行至深处，他微驼的身影在桥上一时浮凸出来，然后匆匆地转过街角，消失了。

第三章

家信

11月5日，昆明城。

何魏在节孝巷13号里老老实实待了一天。

早上先被婉莹叫醒，到小院里跟着师父练习步法拳路，邹家拳的拳法精要集中在“急”字诀里，共有十路，一整套疾风骤雨打下来，能练得他气都喘不动；早餐吃的师母自己做的馒头、稀豆粉；上午给婉莹补课，她想考云大的文史系，想法是很好，但她读书惯于“不求甚解”，《国文》部分有诸多薄弱之处需要复习；午后，师父请来胡老先生为他诊断脉象，结论是“火毒郁结”，需要仔细调养；晚上，一家人坐在客厅里好好吃了一顿饭，师母向师父说起现在物价飞涨，忧心忡忡，婉莹则负责插科打诨，逗他们开心……

一整天都有事可做。可是到了夜里，明月登上树梢时，何魏还直挺挺地躺在客房的床上，难以入眠。他爬起来在房中疾走，按“苑池养风”心法从“轻”“重”走到“缓”“急”，走得力竭，再重头来过，直到师父敲响他的房门。师父大概早就料到他是这么一个火烧火燎的状态。

师父邹若衡自称是一介武夫，不过何魏从未见过比他更为儒雅的武者，他好读书，好习字，教授弟子武术比侍弄花草更多十分耐心；动手过招时就截然不同了，邹家拳以“合手”来练习拳法套路，如果有幸和师父切磋“合手”，他必定在最短时间内把你制住，从不留情；

而在谈论时弊上，师父更有“斩钉截铁”之论见，和昔日把兄弟、如今的龙主席、卢司令一言不合当面对骂据说也是常事……师父的波澜不惊下是藏着“铁”的。

“师父，我的梦游症更严重了。”

“我知道。你爹他这次出去，就是给你去找治病的方子去了。”

“他去哪里了？”

“蒙自那边，那里有很多怪病杂症，也有很多知道怎么治病的土著。”

“……我想回金玉堂瞧瞧。”

“那就去看看吧。”邹若衡温和地说，“让婉莹陪你去。她看起来不太懂事，其实很懂得照顾人，有她跟着你，我才放心让你出门。”

【邹婉莹】

何魏木然地站在“金玉堂”前面，一动不动，有相熟的，也在这条街上经营的老板向他问候，他也只含糊地应一声。

金玉堂明显是最开始起火的地方。铺子的门面塌了大半，满地都是碎瓦，残破的壁橱孤单地立在当中，房梁烧成了炭黑，像是没有火化干净的遗骨。

邹婉莹从背后注视着师哥，特别为他难过，再想到他身上的病……她的眼泪真的快要掉下来了。

其实前天夜里，师哥安顿下来之后，何叔又来了一趟，背着一个讲究的红木箱子，爹亲自给他开的门。婉莹忍不住躲在外面偷听了他们的谈话，因为她实在是很担心师哥——白天她还闲逛到府前街，想看看他烧退了没，哪里想得到金玉堂一夜之间就烧成了废墟，吓得她当街号啕大哭，周围的街坊还以为她是这家人的媳妇，纷纷围上来好言劝慰……街坊们好心归好心，嘴里却一直闲扯着什么“妖怪”“虎人”等等无稽的传言，搅得她一天没吃下饭，老是在胡思乱想。

总之，她如此这般地担心，总是有权利知道点真相的。

一开始，爹和何叔在说一些莫名其妙的事情，什么风脉林脉，什么高罗长老会，还提到了什么什么镜子，她根本听不懂，只能朝窗隙里呆瞧。然后，何叔打开了红木箱子，把里头一个沉重的物件搁在桌上：那是一整块墨绿色的玉石，比枕头略大些，表面雕刻着繁复细密的浮雕。

“这是家传的小玉山。说起来，这还是‘扶桑玉’，是当年曾祖把整块籽料送去蒙自以前匀下来的。有这个，无论魏儿变成什么样子，你都能养得起他……”

“这样说作甚，我从来把魏儿当亲儿子看的。”

“我知道。我留了一封信给他，本来决定不写了，但是想一想，还是有话要交代。喏，你觉得合适的时候，可以拿给他看。”

“你尽可以从蒙自回来以后，亲口对他说。”

“我是担心……你想不到的，我找到他的时候他是什么模样。”

“已经这么严重了？”

“再有一次的话，谁也救不了他……”

婉莹的耳朵里嗡嗡直响。

“带他去玛那依……”

“不行……”

他们后面说了什么，她都没听进去。她先是脸色绯红，然后又转向苍白，浑身发冷地呆站了一会儿，轻飘飘地走回房间，跟丢了魂儿似的，怎么睡着的都忘了。

她从小就和师哥亲近。两人作为邹若衡身边的内家弟子，一起读书一起习武，有很多日子生活起居都在同一个屋檐下，她像苍耳一样挂着他、黏着他。

所以她怎么能想象会失去他呢？那样，她岂不就掉在地上，无处可去了吗？

师哥突然往前走了两步，跪在一堆瓦砾上。

“师哥！”婉莹情不自禁喊道。

扑到他身边一看，他正拨开木头和瓦片，往里掏挖着。

“竟然还留下这个完好的。”何魏捏起一个小小的青玉酒盅，用指肚抹去黑灰，“这跟你上次不小心摔掉的那个，正好是一对嘞。”

他转过头，正看见她的脸，讶异道：“你怎么哭了？”

“没、没有没有，进灰了……”

婉莹尴尬地低下头，揉揉眼睛，趁师哥还没说什么，抢先“振奋”地说：“我们再来找找看吧！说不定还有没烧坏的。”

“啊，行，我去跟隔壁邻居借两件工具。”

【何魏】

他们倒还找到了不少东西：三只和田玉镯子，青白玉那只有裂纹；一只修长的岫岩玉瓶，瓶口有明显缺损；还有西藏的仁布玉戒指，黄绿相间的南阳玉观音吊坠……不过这些就不太值钱了。

师妹还摸到了一小把形制特异的匕首，包在漆过的牛皮里，通体银白，泛出寒气，粗看一下就知道做工很好。

“你在哪儿找到的？”

“壁橱底下的一个小木格里。”

何魏察看了一下，不记得在金玉堂见过这柄匕首。匕首刀刃相对短小，刀面相对较宽，形状很像是长刀的刃尖，柄上裹着一层锡，上面有密集的刻痕勾勒出的藤蔓状纹路……总体上看，应该是装饰用的刀具。

“没见过，不知道是哪儿来的。”何魏说。

婉莹又把匕首接过去，翻来覆去地把玩着，“……咦，我家里好像有一把这样的……”

何魏注意到她的表情，警觉地补上一句：“可别顺走，这有可能是哪个老主顾拿来抵冲现钱，暂时寄放在店里的。”

“我先收着好了，丢不掉的。”婉莹毫不介怀地说，“哪天有人来拿了我再还给他。”

何魏拿她这见猎心喜的习性没办法，只能默许。

两人在废墟里挑挑拣拣完，拍拍尘土准备离开。有位老人等了半天，看他们要走才拖着板车过来，问能不能让他从这里搬一些砖头回南郊，于是师兄妹又接着帮老人搬了一会儿砖头。

这两年配给紧张，吃不饱饭的人比比皆是，所以谁家有房子被炸坏了，没有心思整修，只就近搭个棚子草草住着，冬天难挨的话，就给家里搭一个能避风的居所。附近那些火灾殃及到的店铺老板们也是如此：不住在店里的，把东西收拾收拾，把危墙敲掉，留下一座空房；有的房主没有其他地方可去，还需要住在店里，就地取材搭出一个“窑洞”，一家人勉强住在里面。

沿着府前街走，满目疮痍，所见到的景象很是凄凉，而比这严重得多的“伤痕”还出现在巫家坝，出现在南郊纺织厂、西郊马街甚至云大、联大，昆明城里的人就生活在伤痕重新规划过的地图上，生活在伤痕散发的气味里。现在，何魏发现自己也成了伤痕的施加者，成了点燃昆明的一簇火种——金玉堂起火，他总归脱不开干系，无论是梦游时无意间做的，还是跟他体内那只指爪有什么关联，他身上都沾带着业火……

走到华山路，石板路面宽阔又干净，行人都向道路两边挤靠，似乎不愿意走在空旷无依的地方，只有一个算命先生支着一张显眼的幌子（“识阴阳，知天命”）在路中央任意游荡，一看到他们这对并肩同行的男女，立刻热切地迎上来。

何魏刚想躲开，忽然听到身后传来异响，仿佛蚊蝇振翅，迅疾逼近。算命先生脚下一个踉跄，幌子正巧送到何魏和婉莹二人之间，“振翅”声消失了。何魏下意识回头过去，只看到十来步外一个可疑的身影晃了一晃，退入到巷弄里。

“咳咳， 两位请留步。啧，一看就是郎才女貌一对璧人，让我松梧道人来给你们一测姻缘可否？”这“道人”有60来岁，苍髯白面，右眼是一只浅灰色的假眼球。

没等何魏反应过来，婉莹抢先说道：“你都说我们是一对了，还需要测什么姻缘？”

“小姑娘，这就是你年少单纯了。”老道人望着眼神清纯的女孩，自得地说道：“论世事之变幻无常，要数男女情爱一事为最，测算一下，能预见到那些高低起伏、悲欢离合。”

“那……你给测一测，我看看准不准。”婉莹涨红着脸说。

“嘻！”道人嘿笑一声，双手捏诀，嘴里念念有词。何魏是头一次见到像他这样空手算命的，既没有算签，也不用铜钱，连姓氏都没问，从何算起呢？

道人好像看出了他们的疑惑，笑道："我这是独门阴阳眼，能看穿人魂卦象。嘻！"他手里捏定，左眼大张。"上离下艮，山上有火！"

"山上有火？"

"不错，这是旅卦的卦象，山上有火乃是因为有旅人夜宿山中，以此观姻缘，嗯，说明前路浮变，晦暗未明——"

"啊？"婉莹听出来意思不好，语气不佳。

"但——是，若守定这一丛火焰，顺时从义、等候天明，则就算宏愿难追，也有阳光普照。"婉莹一听这话，又高兴起来，眼里放出两粒小小的火焰来。

松梧道人转向何魏，右眼眯缝，似有深意。"少年，老道也帮你看一看？"

"不必了。"何魏连忙摆手，准备掏钱，"其实我们只是师兄妹关系，测出姻缘也不作数的。"

"不妨事，不测姻缘，可以测运势，测前程，或者，测一测家人凶吉。"

何魏心里一动，"我不测自己的事情。我父亲的平安可以测吗？"婉莹飞快地瞧了何魏一眼，欲言又止。

"嘻！那需要将父子俩放一起测算。正所谓'兄弟协力山成玉，父子同心土变金！'嘻！"道人又捏定一个指诀。"呀！"他煞有其事地喊道，右眼精光闪动，仿佛真的窥视到何魏的魂魄，"下离上坤，不妙不妙。"

"怎么就不妙了？"婉莹紧张地问。

"他们父子这一卦叫地火明夷，离卦为日，太阳没入地中，天地昏暗无光，是大凶之象啊。”

何魏不为所动地听着，松梧道人观察着他的表情，略略点了点头，似乎颇为满意。

“少年不想知道这一卦的解法吗？”

“……明入地中，蛰伏不出，反而正该是君子韬光养晦、坚守正道的时候。对不对？”

松梧道人朗声长笑，声如钟磬。“不错。内秉光明，外行柔顺，坚贞守正，终能有利。不错，不错。”道人再大笑三声，把幌子一卷，迤迤然往南走了，引得路人纷纷侧目。

何魏长呼出一口气。“明夷卦……是父亲以前跟我详细讲过的。他说，地底下那些玉石玉脉，都应了这个卦象，纵使不见光明，也要在黑暗里坦然自处，修养自己、润泽四方。做人也当如是……”

“师哥！”

何魏吓了一跳。

婉莹抹了一下眼泪，用力地说：“我要告诉你一个秘密。”

“你说嘛。”

“但是，你得先答应我一件事。”

【何魏】

魏儿：

所以你还是拿到了这封信。我还有些事情想跟你讲，最好是能当面讲，但我可能无法及时回来，所以写了这一封信，嘱咐你师父在合适的时候转交给你。

你要明白，这些事情，我宁愿你从不知晓。我一直瞒着你是出于自己的意愿，但是重要的是，如果你想要知道，作为父亲，我有义务告诉你。

在你读信的时候，我或许正置身于蒙自的玛那依山。你不记得那个地方，你在那里出生，受到当地高罗人老少山民的抚养和照顾，直到四岁我带你离开。但你应该记得，每隔一两年，我就要亲自运送一批玉原石去蒙自，那些山料和籽料没有卖给当地的玉匠和雕工，也没有卖到法国人在碧色寨开办的洋行，而是送上了玛那依山，由高罗人埋在他们的圣地寨神林里。

你有很多疑问，但我不会对历史的前因后果作过多的解释。在我十三岁的时候，你的爷爷选择在吃过早饭以后，用直接而平常的语气告诉我：我是昂玛的后代，是鱼娘的子孙，我们和高罗人有共同的祖先和相近的血脉，上千年来，我们的祖祖辈辈源源不断地给高罗人运送稀有的玉料，都是为了帮助他们守住一面镜子。你也需要先知道这一点，因为这是我们何家的责任，在浑浊的过往和晦暗的未来之间，这是最为重要的事实。

可是，我不希望你像我小时候那样，不经考虑，单凭着自负和意气就把这个事实背负起来，到你慢慢长大以后，我甚至希望能够代替你逃避这一事实。但我没法做到，不仅因为你是何家的一脉单传，还因为你的出生，你身上的病症，以及你的整个命运，都和高罗人和那面镜子有着割扯不断的牵连。你有权利为自己选择，也必须如此。

我还想讲的是：你出生的那一天，正是我平淡无奇的一生中最为痛苦绝望的一天，你的面容和哭声，为我打开了唯一一条、也是我必须要走的那一条道路。我希望，你也能为自己选择到那样的道路。

如果去到玛那依山，去你母亲的坟上看一看吧。

父字

何魏折起信纸，想一想又展开，看一眼，慢慢合上。他把这封信用力捏着，紧紧看着。

信是婉莹从书房里偷出来的，师父晚上要去出席龙云主席的寿宴，要说偷信，没有比今晚更合适的时间了。

何魏没有想到父亲会写下这些话。他竟然能从父亲那过分拖沓的文字里读出他严肃的眉眼和背颈微曲的弧度，相比于约束住这些模糊字句的昏黄光线，父亲的声音显得异常明亮。不知为何，他在读信的时候，好像能感觉到父亲也正在注视着、阅读着他，不是面对面，而是站在背后，沉静地、忧虑地俯看着他的后颈。

玛那依山。他的父亲和母亲都在那里，无论他的病和那个地方、那里的人有什么关系，他都必须要去一趟。

“师哥。”

何魏的思绪被打断了。

“怎么了？”

“你答应过我的。”

“……我答应你什么来着？”

婉莹瞪着眼说：“你答应过，如果我帮你把信拿出来，你去蒙自就会带上我。”

何魏感到十分为难。确实，没有婉莹做这一回“家贼”，他是看不到父亲这封信的；但是，他不跟师父商量就离开昆明已经很过分，临走还把师妹给拐跑了……

“师哥！”

“行行行。”何魏投降似的说，“明天上午10点，我们去云南府车站，搭货车走。”

第四章

刺杀

11月6日，云南府火车站。

何魏坐在候车室里，注视着悬挂在墙上的圆形时钟。钟的外壳漆成军绿色，表盘边缘一圈标注着线条硬直的罗马数字，圆心上下印着一个人名和五个大写字母——“PARIS”。法国人带来的法国钟。

现在是9点10分，何魏在等待着分针走到一刻，那时会有一辆腾空了载客车厢的货车进入站台，运气不错的话，他说不定能在车上找到一个空座。何魏估摸着，当师妹起床准备出发，才发现他这个做师哥的已经“背信弃义”、溜之大吉的时候，肯定有好一顿脾气要发……这么一想，就更不能错过这一趟车了。

候车室的窗玻璃微微震动，又有一列军用货车启动离站，滚热的浪白色蒸汽向后拖曳、胀裂，消散成转瞬即逝的烟絮。铁轮碾过，一米宽的铁轨像被扭曲的音叉，发出低沉的鸣响，而那些密集的脚步声、拖车上木板被压弯的声音、不间断的报数声，则如同沙蟹一般被如潮的汽笛卷走，又慢慢地，成群结队地爬回来。

两个男人走进何魏的视野：左边是一个穿靛蓝色军装的中年男人，看上去军衔不低；右边那个年轻人大概20来岁，戴一顶黑色礼帽（一缕打卷的金发垂在帽檐下），上身披着宽大的浅灰色风衣（袖口上钉着两排金扣），下身是蓝条纹西裤和一双皮鞋，一身着装在站台上尤其显眼，他目送着货车开向南方，似乎没有注意到搬运军用物资的工人们停下了手里的活，正在恶狠狠地瞪着他。

因为滇越铁路和滇缅公路被封锁的事情，云南人对英法两国敌意大增，连带着对其他抗日“盟友”也没有什么好感，日本人又在两条入滇的交通线上频繁轰炸……在这种时候，这个外国人来昆明做什么？

中年军人低声说了句什么，点头示意一下，转身离开，临走时大声呵斥那些工人，让他们抓紧干活。

下一列火车的汽笛声越来越响。何魏站起来，离开候车室，小心地让过扛包的脚夫，走上站台。

火车出现在不远处，迅速逼近，像一只饥饿的甲虫。何魏向那个外国人走过去——他站立的位置应该是登上载客车厢的位置，一个捧着小碗乞讨的小女孩挨近他，掀开碗口遮盖住的蓝布，他漫不经心地向下看一眼（手上戴着白色手套），拿出一枚硬币。他的举手投足具有一种奇特的轻盈感。

一个贴墙坐着休息的脚夫站了起来，双手拢在袖子里，畏寒似的跺着脚。

小女孩盛住硬币，又向何魏走过来，满面欢喜，似乎指望能再有收获。

何魏尴尬地摇摇手，突然心中一凛。

“脚夫”双手齐挥，发招吐劲快如邪魅，数粒“火星”分左中右三路飙来，志在必得。何魏在眼角余光里瞄到了他的动作，拼命催动“急”字诀，也仅仅是来得及把走到他和脚夫中间的小女孩一把抱起，一粒“火星”打穿了他的外套，正砸在腰眼上，沉重得像一尊石锁。

何魏弓着身体弹起来，摔出站台，他咬紧牙关默念“轻”字诀来减轻身体的负重，直到一头磕在铁轨上。何魏头痛欲裂，还闻到一股烧煳的气味。

火车刹车减速，车轮下火花绽开。

快走。

何魏想用力地把小女孩从怀里推开，挽救一条大好性命，可是小女孩吓坏了似的牵住了他的手，不愿意松开——然后手腕上就是一凉，一根银针钉进了他的手腕，手法老道，一针让他手臂冰凉、双腿发麻，认穴功夫不亚于老中医。

何魏难以置信地看着她退到铁轨对面，而她用一种羞恼、嗔怒的表情瞪视他，像极了十七八岁的姑娘。

他才认出来，她就是树林里那个小女孩。

车头压到身后，一股热风吸住何魏的后背，仿佛要把他拖入腹部下面繁密、钝厚的节肢里，火车虽然已经降速很多，仍然可以轻易把他肢解。何魏徒劳地转过身，用手肘抵住车头前面的挡板。在这一刹那，他感觉到一种蓄势已久的失落，感觉到生的欲望在体表内外膨胀，无名的愤怒滑入无底的深井，他（它）发出了最后的、绝望的嘶吼。

正在此时，时间停止了，不过似乎仅仅停顿了一拍。因为灵魂所感受到的“真实”，仍在循着本来的路线继续发生。

比如，火车的幻影立刻碾了过去。紧接着，它被对折起来，在车底翻滚、变形，小腿被曲杆绞住，指爪被车轮切断，变成一个残破的“玩偶”，然后它的下巴被按进石子里，铁轨间的木条，扭断了它毛茸茸的脖子。

火车终于完全停下。虎灵“牢猫”的视野随着它滚到一旁的头颅不断翻转。它没有感觉到死亡，而只是感觉到反胃式的饱足，众多细节如同蝴蝶从停滞的物质表面振翼起飞，而它只注意到其中几只：法国钟的细长秒针，犹豫不决地迈向下一格；长着鹰钩鼻的脚夫屈起五指，扑在空中，指间的“火星”点燃空气、次第爆裂；小女孩手持两根银针，茫然四顾。

在黑礼帽男人原先站立的地方，只有那件灰色风衣飘在空中，而风衣的主人却出现在小女孩背后，伸手越过她的肩头，促狭似的从她的碗里捏起那枚硬币。

“抱歉，亲爱的，我要把硬币收回来。”他微笑着说，笑纹缓和了眼中冰冷的宝石蓝。

【牢猫】

在强加于身的幻影和生机冷却的背景中，好像只有这个金发男人可以自由活动。他摸了摸小女孩的头顶，在她耳边低语些什么，然后走过站台，从看不见的衣钩上取下自己的风衣，抖一抖，顺便欣赏一下衣服上的两处洞眼，再从容披上。

他意态悠闲地走近登车门，脚下却一绊，踢到了一只虎头。

“呀！”他惊呼一声，蹲下来细看。

在“牢猫”眼中，天与地是颠倒的，这个男人半蹲着倒吊在大地下面，把低处浮浅的天空完全挡住，就像一只讨厌的蝙蝠。他的蓝眼睛让它感到莫名的熟悉，以及强烈的不安。

他用食指拨开它的眼睑，让“琴弦”从瞳孔钻入。

“啊，有意思……”他喃喃道，表情若有所思。

它恼怒地晃晃脑袋，一口咬住他的手指。

“嘘。”他皱着眉头说，伸出另一只手掐住它的下巴。它居然无法抗拒他的力量，吃痛之下被迫张嘴，他顺势把手直塞进来，抚过眼球和脑子，摸到它的颅骨。灵气的旋涡在他的触摸下剧烈颤抖。

“不能让你继续藏在这里，抱歉啦。”他直视着它惊惧万分的眼神说道。

它能怎么办？只能最后骂他一句高罗土语里的脏话。

他开心而残酷地笑出来，然后一把拔出整个颅骨。

【何魏】

师哥。

何魏听到呼唤，懒洋洋地哼一声，调整了一下睡姿。脑后隐隐作痛，好像被石子硌着了。

“师哥，醒醒。该醒了。”

该醒了？是的，他还要赶火车呢。爹在蒙自等着他……这床怎么一震一震的？现在是什么时候？他得趁师妹醒来之前——

等等，正在叫他的不就是师妹吗？

何魏睁开酸痛的眼睛，一时间泪眼蒙眬，揉一揉，眼前所见才清晰起来：污迹斑驳的铁皮，窗外飞掠而过的荒草，车厢有节奏地颠簸，远处的水道如钟摆挪移。他是在火车上。

师妹坐在对面的空座上，担心地看着他。她穿一身印着小碎花的水绿色连衣裙，两眼含情似水，看起来竟有几分淑女模样。

“莹、莹莹，你怎么在这？”

“你还说呢，”邹婉莹说，“就这么丢下我，自己一个人走掉，哪有这样当师哥的？”语气颇为愤愤，显然是余怒未消。

“呃……”何魏心想，真把你丢在家里才叫尽到责任了呢。不过这话他没敢说。

“没有我看着，你差点出事，幸亏有这位——呃，这位——”

“塞尚。”

“——塞尚先生救了你，否则你就要被火车，那什么了……”

那个金发男人对上何魏的视线，摘帽颔首，得体地一笑。

何魏一激灵，回想起刚才的事情，立刻问道：“那两个人呢？”

婉莹不明所以，问：“哪两个人？”

“一个鹰钩鼻男人，”何魏在鼻子上比画了一下，“还有一个这么高的小女孩。”

塞尚做出一个噤声的手势，他倚着窗框探身出去，前后看看，然后转过身，语调优雅地说：“我们最好不要再提到他们了。”他的国语发音和咬字拿腔拿调，好像在背诵台词。

“可是他们偷袭我——”

“不，不。”塞尚笑着说，显然觉得这事很有趣，“他们要攻击的，是我。”

“你？”

“对。而你，只是恰好路过罢了。”

听他这么说，何魏倒想起来，好像确实只有一两粒火星是朝自己正面打来的，莫非是运气不好被误伤到了？

何魏犹疑地问：“如果是这样，他们是谁？为什么要袭击你？而你，又是谁？”

“这，请原谅我不能透露。”塞尚回答道，“卷入这件事情，会给你们二位带来危险。”

“这么说就太见外了。”婉莹爽朗地说。何魏在心里哀叹一声，她身上那种不合时宜的“巾帼豪气”又出现了。“你救过我师哥，于情于理，我们都要报答你的。如果你真的遇上什么麻烦——”她比出一招劈挂掌，不无炫耀之意，“——我们肯定是能帮得上忙的。”

“哦？”塞尚礼貌地打量着他们，说道，“原来你们是武术的修行者吗？”

“不错。”

“云南真的有很多修行者，是不是？我昨天刚刚知道，你们的龙云主席和卢汉司令，居然也进行过武术修行，后来又受过他们的结拜兄弟‘周若亨’先生的指导——”

“邹若衡。”何魏纠正道，“他是我们的师父。”

“真的吗？真是巧！”塞尚饶有兴致地说，“你们的师父是个很有思想的人。他向我介绍武术，我们还探讨了一下武术修行的深度和限制。”

“武术的限制是什么？”婉莹好奇地问。

“这个，说起来需要很多时间。”

“说来听听嘛，我们还要坐好几个小时才能到蒙自呢。”

“……是这样，‘周’先生告诉我，武术和其他形体修行的最终目的，是要帮助人们打开身体里的门，接近自身深藏的秘密；而我认为，神秘学在这一点上和武术不谋而合，但是更具有超越精神……”

“打开了什么门？我从来没有听爹讲过。”

“啊，我想令尊的意思可能是……”

听得出来，塞尚是在用他不熟悉的、需要费力调度的语言，尽量简明地讲述难以表达干净的道理；而婉莹呢，则是近乎毫不客气地，频频用问题去打断他。两个人其实是各自兴味十足地在进行着一种不断创造空隙的问答，何魏如果想要插嘴，容易一脚“踏空”进去。

而他对于谈话，确实没有对塞尚其人来得好奇。

在一问一答里，塞尚好像轻松自然地就把“我是谁”交代出了一小部分：他是法国人，祖上是中亚沙漠里的行者；喜爱读书、风琴、骑马（他描述马的奔跑姿态，来说明形体之魅源于天启）；家里有数万册关于神秘学的藏书，而他仅仅翻阅过其中百分之一；兴趣宽泛难以约束，在大学里学过心理学和人体解剖，后来又去研究化学和地质，参加过军事史研究学会、唯灵研究同好者协会、神智学会、黄金黎明结社……甚至还涉及他学习国语的经历，因为婉莹开始问起英语和法语孰易孰难。

但是何魏更想知道，他是怎么躲开刺杀、然后把自己从车轮下救出来的？在国民政府和法国人关系如此微妙的时候，他一个人来到云南做什么？他又是以什么身份接触到滇军最上层的？

何魏一边空想，一边却又觉得这些问题无关紧要。他有种奇怪的感觉，与其真的向这个法国人抛掷自己的疑问，还不如正面去观察他：留意他嘴角的动作，笃定而不着力的眼神，漫不经心地抚摩窗框的手指，看似松弛实则精准控制的姿势线条……师父说过，每个人的身体都具有独特的气韵和节奏，也即可以用“轻重缓急”作为标准来衡量，如果据此观察，是不是可以穿过语言的罗网，逼近这个人的真实呢？

塞尚注意到了何魏的凝视，他微妙地耸一耸肩，投回疑问的目光。

何魏猜想自己的心脏会像熟透的石榴一样裂开。

胡乱猜测而已。什么也没有发生，他们只是这样，探究式地对视着。

塞尚说：“你们有没有听到什么声音？”

“什么？”

婉莹也不说话了。三个人一起侧耳听着。

有一会儿，他们好像听见了机翼的振动，然后才发现那声音来自座椅下方，有一阵低沉的蜂鸣声浮动在火车行进的噪声上面。婉莹弯下腰，拎出一只看起来很眼熟的黑提包。

“你怎么把这个包带过来了？”何魏惊讶道。这是父亲那只提包，他本没有打算带在身边，所以离开房间时塞在橱柜里了。

“我早上去你房间找你，看到包放在桌上，还以为是你忘拿了呢。”

何魏没有多想，打开提包检视。翡翠手镯躺在皮层的褶皱里，震动发光，有一瞬间，它的“绿眼”指向了塞尚，可当何魏拿起它时，“绿眼”又消散成烟了。

“蛇眼翡翠？”塞尚皱了皱眉。

“你认得这是什么？”

“我在缅甸见过。缅甸人把它埋在家门口来驱逐所谓的‘蛊’，是以毒攻毒的办法。你们为什么要把这种邪恶的东西带在身边呢？”

师兄妹对视了一眼，虽然心中所想十分不同，一时间却都不知道怎么回答。

在父亲的便笺里，确实记录着这块翡翠的名字——“蛇眼”，不过对其来历没有任何交代。

何魏反问道：“我只知道这只手镯是有些神秘的变化，好像可以辟邪，可为什么说它邪恶呢？”

塞尚伸出手指轻敲手镯表面，玉质里的烟气动了一动，仿佛在躲避他的指尖。“你们知道缅甸人是怎么做出‘蛇眼翡翠’的？”他说，“据说他们把上千条活蛇和翡翠原石一起放在木桶里水蒸，再请董萨（祭司）在木桶上施加封印，迫使蛇的灵魂只能在翡翠里面定居，最后凝聚成为‘蛇眼’。它对于其他任何灵魂，都抱有一种顽固的敌意。”

“有没有这么邪啊？”婉莹强装镇定道。

塞尚哈哈一笑：“你可以不相信我。”

何魏摇头说：“我是不信有什么蛇灵的……如果真的要那样子做法才能造出一块这样的翡翠来，未免也太过残酷和无谓了。”

“你说得对，操纵灵魂，本质上就是一种残酷的行为。说到这里——”塞尚盯着手镯说，“我想冒昧地提出一个请求：请允许我向你们买下这块翡翠。”

“为什么？”婉莹吃惊道。

“对于我这种神秘学的研究者来说，像‘蛇眼翡翠’这种研究材料是非常珍贵的。”塞尚恳切地说，“我曾经也向缅甸人提出过交易的请求，但是被他们当成是一种挑衅。你们不同，把它留在身边，对你们造成的伤害会远远大于益处。”

何魏没有犹豫，“对不起，这是我父亲留给我的，我不相信它会对我造成任何不利。即使有，我也不能轻易转手。”

塞尚点点头，说：“我完全可以理解。请允许我再提出一个建议。”他从怀里拿出一个物件，只有手心一半大小，“把这个带在身边吧。”

“这是什么？”婉莹接过来看：那是一个琥珀色的头骨，八颗雕成楔形的牙齿咬合紧实，一对瞳仁镂空，晃一晃，能听见里面圆珠滚动的声音。

“这是我经过暹罗时从佛寺得到的礼物，如果发生什么不好的事情，它可以帮助你们抵御邪恶的侵犯。”

“我们怎么能收下这么贵重的东西呢——”何魏婉拒道，同时觉得尴尬：自己怎么能表现出一副既不念情也不领情的样子呢？

“请务必收下，这是我个人单方面的心意——”

“不不，实在是不合适——”

“请务必——”

“停！”婉莹忍不住插嘴道，“要不这样：师哥你把镯子借给塞尚先生研究两天，他人这么好，一定不会碰坏的；这个骨头呢，就先押在我们这里——在蒙自还需要待段时间呢，回昆明以前我们再见个面，把东西换回来，不就行了？”

何魏一时无语。这倒也是一个不像办法的办法。

第五章

上山

11月6日，碧色寨火车站。

【刘殷】

刘殷迎着风打了个喷嚏，胡茬上黏黏的，没来得及抹就变干了。

他倒不是衣服穿少了觉着冷，只是身体虚乏，凉气嗖嗖穿入腹中，很不适意。

难不成我已经到了该戒烟的时候？刘殷突发奇想。不行，戒还是戒不得的，弃了烟枪，往后在碧色寨的日子要怎么过？总不能——他瞥了眼自己的两名副手，他们无精打采地戳在站台一角，软蔫蔫的——每天带着营里那帮少爷打枪跑步，自娱自乐吧？日本人搞轰炸是很来劲，但是要打到蒙自，不知道要到哪年哪月了，他们第五旅驻扎在这里，最要紧的任务只是混日子罢。

唉，也是怪他刘殷没跟对人。冲哥为人是很好的，爽快，大方，说一不二，以前还当过师长，可惜番号"砰"一撤，下放去当"旅长"了。

刘殷只能怪自己运气太差：他可是陆军讲武堂出身，当龙主席面能叫一声"校长"，堪称"嫡系"，好死不死被分配到了"冲哥"麾下……

哪天他才能有出头的机会?

所以……十七八号以前，他怎么也得把那面石镜搞到手，至于是上交给卢司令还是直接送给龙主席……妈的，到时候再看吧……

“殷哥，应该是这趟车了。”其中一名副手喊道。

“叫营长！”刘殷语气恶劣地说，拍拍裤子，扶膝起身，向站台边走去。

货车还没停稳，后勤兵们已经在右侧排起两列队伍，准备开门卸货。一个略显瘦弱的身影从第三节车厢跨下来，站在雾气里左瞻右顾。

“哎呀，塞先生。”刘殷迎上去，亲热地拉过那个人的手，“等你好久了。”法国佬可别“砰”给我来一句法语，刘殷心想。

“啊？不，我不是——”

“我是管这里的营长，卢汉司令都跟我交代过了。”其实是冲哥交代的，“说你如果到了蒙自，一定要把你保护好，你有什么需要都要满足，你想去哪里，我这个营长就要陪到哪里，全天、全程陪同，哈哈。”刘殷一边笑得合不拢嘴，一边打量着面前这个年轻人：黑发黑眼黄皮肤，跟普通国人没两样啊，难不成是中国人生养的?

正说着，从车厢里又走下来两个人，一个穿绿裙的小姑娘，还有一个——金发碧眼的外国人。

“你好，刘营长。”塞尚摘下礼帽，优雅地伸出右手——可刘殷的右手还握在“塞先生”手里呢，他只能先尴尬地把手慢慢松开。

“你好，你好……那这两位是——？”

“是和我一起从昆明过来的客人，这位先生是何魏，这位小姐是周婉莹。”

“邹，邹婉莹。”姑娘笑着纠正道。

“啊！抱歉，应该念‘邹’。”

刘殷颇为不快，甚至有些发怒。“塞先生，卢司令交代过，你在云南的行踪应当保密，这也是为了你的安全考虑。你和两个来历不明的人随便接触，这让我们很难向卢司令交代啊。”

“旅途漫长，有这两位朋友陪同，让我觉得非常开心。”塞尚说，“再说，这两位和卢汉先生也是有关系的。他们的师父是邹若衡先生。”

刘殷瞪直了两眼。邹若衡？昭通三剑客之首？他们二人岂不就是龙主席的师侄吗？

笑容于是又回到了他的脸上。

【何魏】

在蒙自县，碧色寨是离玛那依山最近的站点，这里的建筑仍然留有法国人赋予的风情：车站是红瓦黄墙，尖角被灰白石材包裹着，庭院里栽种着葡萄树，稍远的低洼处有一片树荫环绕的网球场（不过已经卸去网线，被木板箱子占满了）。

何魏本打算找一户人家借宿，所以把学生证带在了身上，现在师妹也跟来就不是很方便了。刘殷听他问起碧色寨这里有没有便宜的旅店，觉得自己大失面子。

“两位贵客既然来到我刘殷的地盘上，怎么还能去住那些地方？我马上让副手去安排，你们晚上就在我们军营里睡。说定了啊。”

刘殷一派热情，大概是不容他们推拒的。此人年纪轻轻就当上营长，算得上是滇军里的青年才俊，很有军官派头，不过着实是话痨，从车站到车上再到镇上，愣是没停过嘴……

午后他亲自开车拉着塞尚三人，熟门熟路地找到一家名叫“吕蒂亚”的酒吧，让经理开了一瓶昂贵的洋酒，想要向塞尚炫耀一下自己的品位。这家店原本是法国商会盘下来的，留在店里的侍应生会说一口流利的法语，和塞尚攀谈两句，就开始谈论红酒品鉴了，刘殷插不上话，只能转而跟何魏“请教”武学心得——实际上主要还都是他在说，大致上就是“早年有心习武，苦无机会向龙校长请教”“邹师傅的人品武功是无人不知啊，跟过蔡锷将军，可不是传奇人物？”“我现在再去拜邹师傅为师，还来不来得及？”诸如此类，中途说得累了，借口如厕离开了一小会儿，回来时又变得精神抖擞、滔滔不绝。何魏闻到他身上的烟土味，就明白是怎么回事了。

“何兄弟，”刘殷亲切地说，神情飘飘然的，“说起来，你们二位来蒙自是要做什么？要是需要帮忙，尽管告诉你哥哥。”

何魏几乎没有听懂他口中的“哥哥”是谁。婉莹喝了点调酒，已经趴在桌上昏昏欲睡了，他这个做师哥的必须撑住。

“呃……其实我们是来找我父亲的。”

“哦？你爹怎么了？”

何魏想了想，决定把真话说一半，一小半就够了。说不定还真可以拜托一下这位营长。

“他前些日子去玛那依山和高罗人做买卖，一直没有回昆明，现在这时局兵荒马乱，我担心他会不会出事，就过来蒙自找他。”

刘殷听到“高罗人”时表情一紧，仿佛突然间清醒了一半。

“敢问你爹尊姓大名？”

“何绍郡。绍兴的绍，郡主的郡。”

“何……绍……郡……”刘殷碎碎念叨，“没听过有这么一人……不是，不像……何兄弟，敢问你们家是做什么买卖的？”

何魏谨慎地说：“我们家只是开店铺的，卖玉石和玉器。”

“哈……吓哥哥一跳。”刘殷压低声音说，“你不知道，最近在玛那依山下抓到好几个私造土枪的，没怎么多问，当场就‘砰砰’给毙了。你爹要是跑这种买卖……不是就最好了。”

“不是，那肯定不是。”不可能的。何魏既觉得紧张，又有点哭笑不得。他可没办法把父亲跟造卖土枪联系起来。

刘殷往身边扫一眼。塞尚好像跟着侍应生去地下室参观酒窖了。

“哥哥要提醒你一句，和高罗人啊，少打交道。和谁做生意不是做呢？对吧？”

“高罗人能有什么麻烦？”何魏顺着话头说，“请哥哥指点指点。”

“十多年前，法国佬琢磨着从碧色寨拉一条铁路经过玛那依山，你说那山上总共也就几百口人，铁路干吗要通到那儿？还不是打矿山的主意，他们偷偷派人勘探过，玛那依山里都是锡矿，开采出来就是一个‘小个旧’，大有赚头。法国人拉了资源委员会的人过来，一起跟高罗土司谈判，有钱一起赚，分成好商量嘛。”

“高罗土司怎么说？说不行。为什么？开矿就要砍树，山上的树林是他们的神树，一点动不得。有意思吧？法国佬还以为高罗人在开玩笑呢，带了一帮人夜里去把树林点着了，想给他们一点教训。高罗人立马炸了，下山和来烧山的人拼命，你知道，法国人的军火可是世界一流——”

“等会儿，法国人还把他们的军队带进云南来了？”

刘殷怪笑道：“怎么可能呢？吃亏的都是中国人。”

“那——那些是军队的人？”

“法国佬跟上层的关系一向不错，再说，军队上下也等着拿锡矿跟法国佬换武器嘛。不过这事不重要，关键是，他们一帮人带着高级武器和舞刀弄棍的高罗人‘砰砰砰’火并，几乎落了个全军覆没！”

“为什么？”

“猜不到？”

“……猜不到。”

“两个字：有鬼。”

“什么意思？”

“哼哼，字面意思。高罗土佬能打跑正规军？肯定是事出有鬼，只是真相被卢司令严密封锁起来了。当年各种说法在军校里是传得神乎其神啊，有说高罗人下蛊的，有说跑出来什么巨人的，还有人说，从山上跑下来的不是巨人，而是兽面人身的吃人妖怪，据说法国佬还侥幸抓了一只带回去研究——”

不知为何，何魏又感觉到心中的异样。不过这一次，这种异样不是“异物”存在的感觉，而是“异物”遗失后留下的空洞感。正因为我也是所谓的“高罗人”，所以我就继承了这样的血缘吗？

“——总之，玛那依山上的人是很邪性的，和他们打交道，能有什么好下场？”

“但是……我父亲下落不明，我总是要去一趟玛那依山看看的，就算那山能吃人，该去也还是得去。”

刘殷“砰”一拍桌子，“好，冲你这句话，后天跟着你哥哥，往那龙潭虎穴里走一遭！”

“走去哪儿？”

“玛——那——依——山！”刘殷不清不楚地往门外一指，颇有气势。

何魏这时才看出来：这位刘营长啊，估计听说书听得最多。

11月8日，玛那依山。

【何魏】

车开到山脚就上不去了，山坡很平缓，不过草木很茂盛，逼得来客不得不丢下机械，单靠步行穿越浓密的屏障。

这座山里存有一种与世隔绝的、落后于时季的葱郁生机。走出去不远，就能望见山腰侧面的梯田和水道，离他们走的这条路稍近的缓坡上，则栽种着成排的苦荞和菘蓝，这两种植物都可入药，父亲在家里有不少存货，所以何魏一眼能认得出来：苦荞活血祛积，能用来做药膳；菘蓝呢用处更多，根部俗称“板蓝根”，清热解毒是最好的，叶片则可以拿去浸泡成染料，经其煮染过的土布会具有很沉静的靛蓝色。高罗人显然偏爱这种色系。

一行人沿着山路爬上去，视野开始被树梢浅浅地没过，周围的寂静渐渐向他们聚拢。坡度变陡以后，队伍拖长了，婉莹走在最前面，何魏紧跟着她，时不时往后瞄一眼：刘殷和他那些荷枪实弹的手下落后一小段路，一边爬一边喘气，仿佛被蓬乱的草丛延阻了脚步。塞尚则和刘殷请来的密宗和尚苏沃，慢条斯理地走在最后面。

何魏的注意力有一半集中在那个和尚身上。

据刘殷介绍，这位年轻的苏沃大师，是他专门请过来傍身的，如此才能放心大胆地会一会高罗人。苏沃的外貌十分清秀，淡眉薄唇，窄肩细腰，看上去不超过二十岁，言行举止里有种轻逸超尘的味道，吻合刘殷口中“密宗大师，除邪圣手”这一夸赞。但何魏对他的眼神格外介怀——那是一种冰冷而又平滑的眼神，轻如纸，薄如刀，莫名地唤醒了何魏后背的刺痛。

而且更让何魏在意的是，这位苏沃大师的武功相当不俗。

“师哥，”走至半途，婉莹隐蔽地冲他使了个眼色，“看那个和尚走路的姿势。”

得亏师妹的提醒，他才看出苏沃走路时胯部提起，应了“轻重诀”里的一句“上重下轻”，是随时可以出手进招的高明身法。难不成这个和尚其实是个打手？

日近当空，他们从树林里浮了上来。右侧是起伏的山脊包围的低谷，风烟氤氲；斜前方是被木桩和麻绳围住的另一片树林，一小群身着蓝衫黑裙的高罗人在林中小路的入口恭敬以待，其中老人和年轻人居多，中年人寥寥无几。

刘殷走上前去，挽住一个银发老人的手臂，抱怨道：“白长老，你们这山真是不好走啊，每一次上来，我的膝盖都跟废了一样。”

“受累，受累。”老人和气地说，他上身穿一件黑布坎肩，对襟无袖，前襟上钉着一排布纽，虽然着装低调朴素，气质还是很高贵。

人群里突然有一个声音冷冷地说：“不然下次你自己带一副担架，方便我们把你抬上来。”那是一个健壮的青年男子，浓眉阔鼻，面带怒意。

“大雷！”站在他身边的姑娘低喝道。何魏注意到，这位姑娘的围腰里佩戴着一把银匕首，似乎和师妹在金玉堂废墟里找到的那一把形制相仿。

“哈，那倒也不用。”刘殷干笑道，“来来，我给诸位长老介绍一下这些贵客：这位是法国龙湘矿业公司的代表塞尚；这位呢，是云游四方的密宗传人苏沃大师……”

塞尚主动去和长老们一一握手问好。何魏也轻轻握了一下白陆长老的手：粗糙、宽厚，就像是一个老木匠的手，而他的目光和他身后的族人一样，不带掩饰地表露出忧虑和苦涩的意味。

那位佩带匕首的姑娘名叫白叶，长得跟她父亲白陆相似，却显得更为精致而俊秀。她是这群人里唯一的女性，着装不仅特别，似乎还最显正式：她头上戴着黑布圆口帽，帽檐嵌有小粒银泡，穿靛蓝色上衣，胸襟上有“厂”字形的镶边和一颗银纽，从银纽上又挂下一小串银鱼，层次分明，含蓄素丽；她的围腰上绣有穗子和叶片状花纹，围腰下面却是裤脚宽大的齐膝半短裤，小腿上绑着脚套，看上去利落爽净。她走路时的姿态，就像一位女武士，露出迫人的英气。

而且……不知为何，何魏在白叶身上感觉到了一种似曾相识，仿佛他们在很多年前就已经见过，而白叶的脸庞轮廓至今仍然伏潜在记忆的水面下似的。

我是在什么时候见过她呢？何魏心想。

在刘殷等人跟随高罗人穿过树林的时候，白叶频频回头，提醒他们紧紧跟住，而且只能在小路上走，千万不要随意跨进树林。

“为什么不能进去呢？”婉莹好奇地问。

“对你们来说，这里不安全。”白叶冷淡地说。

“那……那里是什么地方？”婉莹问道，指向树林上方一处岩壁：在离地二三十米的地方，有一处洞穴。

“禁地。”白叶敷衍一句，不再多说。

这片树林略显阴暗深沉，树根粗壮，枝叶发紫，和最先看到的那些树木绝不相同，但看起来并不危险，也不像是有什么猛兽的样子。何魏边走边呼吸着林中空气，反而感觉到一种亲近和踏实的满足，仿佛潮湿的空气里有什么看不见的甘露，可以滋养他身体里空洞的“井”。他不由自主地高兴起来。他一次又一次深深地呼吸，仿佛一个饥饿的人刚刚发现“饥饿”为何物。

正享受着，白叶猛地回头瞪了他一眼，杀意充盈，吓得何魏憋下了一口气。

刚认识而已，他是哪里冒犯到她了？

高罗人的居住地依据山顶坡势而建，房屋十分简朴，大都由土墙砌成，留出一门二窗，上头用茅草尖顶盖住，看着就像长毛的蘑菇。虽然白日当空，村子里却弥漫着一种拒绝被照亮的神秘意境：沿着蜿蜒坎坷的主路逐步走去，一路上都能看见阴暗门洞里堆放的瓦罐和闲置的织机，在看似空无一人处，会站着两三个身穿银泡衣和黑筒裙的小女孩，幽幽地盯视他们，胸前的大银币闪亮刺眼，直到白叶努嘴吹出一声口哨，方才一起转身跑开；几乎每户人家的门板前都吊挂着一排圆鼓鼓的辣椒，像一颗颗小心脏，颜色红亮得像火一样，不知道是有什么寓意；抬眼望去，几间稍高的土房房顶上，蹲坐着一只又一只石猫，龇牙咧嘴、模样瘆人，面朝着村庄深处，居高临下地“监视”。

在数十间土房环绕的空地上已经摆好了一圈桌凳，刘殷也不推辞，直接坐上主位，白陆和两三位长老作陪，塞尚、苏沃和尚、何魏、婉莹等人循序坐在左右客位，其余众人也纷纷落座。高罗人的老少女眷开始把一份份盛着菜肴碗筷的竹筛端上来。

一开始气氛略显尴尬，只听得到刘殷和白陆以及其他长老们在主桌上说话敬酒的声音，高罗百姓的表情黯淡而迷茫，似乎拿不定主意应该用什么心情来夹菜，直到一帮子难以忍受这种氛围的年轻人首先站起，过分热情地走来走去，过分用力地碰撞酒碗，场面才变得足够热闹，可以继续了。

高罗人的筵席略显清淡，却不失丰盛：主食是红米烤饭，盛在一节节竹筒里；油炸过的干糯米粑粑，可以蘸白糖吃；凉菜是也放在竹筒里的、用木棒舂过的舂菜；橄榄树皮拌肉，里头拌上茎菜、芋菜各种野菜，吃起来也不油腻，又鲜又甜；白糯米酒和大叶子茶，白酒糯香，茶叶则有烘烤过的焦香气；还有一道“蘸水鸡”，是煮过的鸡肉蘸鸡汤吃，汤里有切碎的熟鸡血、内脏、鸡蛋，拌着菜根和米椒，相当下饭，这道算是大菜，就只有几张主客桌上有了。

白叶陪坐在何魏、婉莹这一桌，正方便婉莹拉住她说个不停：

“白叶姐，你们高罗人做菜真好吃。”

“……嗯。”

“辣椒也好有劲。是不是就是我在路上看见的，挂在门上的那种辣椒啊？”

“……不是，那种叫牛辣子，一颗辣椒能辣倒一头牛，不能直接吃的。”

“真的呀？我倒想尝一尝嘞。”

“……”

何魏觉得白叶的表情煞是有趣，于是倾身过去听她们说话。

“如果不能吃，为什么把辣椒挂在门口呢？”

“那是……”白叶欲言又止，但是看到婉莹的眼神，又觉得不好编造一个理由糊弄她，“是挂在门口辟邪的。”

“辣椒还能辟邪？”婉莹吃惊地瞪大了眼。

“嗯，在过去，高罗山寨里有一种叫‘皮包鬼’的人，身上会依附着影子般的鬼魂，专门攻击婴儿或者病人，据说这种鬼很怕辣，所以高罗人习惯在门前门后吊挂牛辣子，把鬼魂吓走……山里的传说罢了。”

“那你们房顶上的那些石刻，也是辟邪用的吗？”何魏插话问道。

“那是瓦猫。”

“娃猫？”

“瓦猫，瓦片的瓦。”白叶纠正道。

“鬼魂也怕它们吗？”婉莹问。

白叶不禁笑了笑，“不错，它们是最能吓唬住鬼的。”

“我可不怕鬼……我是不信这世上有什么鬼魂的。师哥，你信不信？”

“这个……”何魏斟酌了一下，以免贸然说出什么犯忌的话，“信则有，不信则无吧？”

“高罗人经常这样说：‘地上有多少人，天上就有多少颗星星；星星坠下来，魂魄要飞走。’”白叶肃然道，“世上所有的鬼魂，其实都是无处可归的魂魄。信或不信，它们就在那里，和星星一样，和依然活着的生灵一样，值得被我们看见。”

何魏看着白叶，不知怎的，脸上忽然一热，连忙一边点头称是，一边拿起酒碗遮住脸。

【塞尚】

塞尚提着酒罐自斟自饮，他蛮喜欢这里的糯米酒，入口顺滑，余味清甜，重要的是，还含有来自泥土中的灵气的酸涩感。他能清晰地感觉到，在玛那依山的石层里面，灵气顺着树林的根须流动，交织成庞大的光河脉络，只有通灵者才能感知得到的声色变幻撩拨着他的“琴弦”。

就是这个地方。只有这样一个生生不息、灵力强盛的地方，才能把弟弟禁锢住。

塞尚平稳地把酒碗放下，然后发现有种莫名热烈的情绪涌动上来，一时间竟然无法抑制。他没想到自己会这样亢奋。这说明了什么呢？他是已经忍不住要在此时此地直接动手了吗？……不，他并没有这么着急，没有必要和高罗的通灵者、和这座山正面冲突。他已经等待了太久，足以把耐心焚烧成无法消解的灰烬……一定要找个理由的话，可以说，塞尚失去了一种基本的想象力——他无法想象自己在找到弟弟以后会做出什么事情来。难道，这原本不是显而易见的吗？

刘殷大声说了一句话，打断了塞尚的思绪。

“怎么把鸡头留给我了？”刘殷夹起碗里的一个鸡头，纳闷地问。

原来刘殷面前单独摆有一只小碗，盛有鸡头、鸡脚、内脏和几块胸脯肉，看上去分量少得可怜。

白陆接话道：“刘营长，这是我们高罗人的习俗：客人来了杀鸡招待，要把鸡头留给客人，以示尊敬。”

“真的是这样吗？”刘殷还是一脸不高兴，似乎是看到邻桌有更大碗的蘸水鸡，觉得自己吃了亏。

一个富有女性气质的柔软的声音插入进来：“白陆长老，小僧曾对高罗人的占卜术有所耳闻，听说你们尤其擅长用动物的内脏和骨头来占卜。不知，刘营长夹住的这一个鸡头，是否也能占得一些预兆呢？”

说话的是苏沃和尚。如果塞尚不是已经知道这个“和尚”的底细，光凭口音，确实判断不出他的真实身份是日本人。

“是嘛？”刘殷有了兴趣，“白长老，高罗人还有这种奇怪门道呢？”

“占卜术是有的，不过——”

“那你且来说说看，这一个鸡头能说明什么？”刘殷把鸡头往桌上一立，一时间，主桌附近十来号人都在盯着这个鸡头：额上有一记红点，双目紧闭，怎么看都不像能说出什么好兆头来。

白陆马上转移开话题：“刘营长，鸡头卜是次一等的占卜术，如果您有兴趣，我可以给您演示一下，用酒来占卜。”

“哦？”

“爹——”白叶低声提醒道。

白陆抬起手，示意没关系，他把自己面前的酒碗倒满，用手掬起一小把红米，一边念念有词，一边把米粒撒到碗里，酒水表面马上泛起一阵阵涟漪。

塞尚微觉不妥，眯眼细察：果然，在白酒底部游动着一尾透明的“鱼苗”，看样子是白陆的鱼灵，有它帮忙，白陆就可以任意操纵酒液的流动。

米粒被波纹带动，起伏跌宕，渐渐形成许多变化不居的图案：从旋涡状的年轮到曲折的雷电，从澎湃的滔滔江海，变成顶天立地的参天大树……最后，有一只张大着嘴的猫脸浮现了一霎，然后所有的图案全都消失。米粒纷纷沉入到酒液的泡沫下面去了。

“这、这些都是——”

“都是响应在您身上的征兆。它们是在说：您的灵魂里本就有宏大气象，如江河惊雷，如参天巨木，如果能及时制止住贪婪，不偏苟于小小一隅，就能让灵魂的气象得到释放。”

白陆这一番话，众人虽然不一定都能了解其中深意，但是都听得出来苦口婆心的意思。

没想到刘殷梗着脖子抱怨道：“无趣，无趣。”像一个知错不认的毛头孩子。

刘殷其实已经看得目眩神迷，但是他内心里却在担心自己是不是已经中了高罗人的什么蛊，所以紧张慌乱地转移话题，想要摆脱那些兆象的影响。

“占卜之类太过无趣。这里有没有姑娘可以表演个节目的？”刘殷环视一圈，好像没有注意到高罗人脸上受辱的表情，“啊？总该有姑娘们会唱歌、会跳舞的吧？”

没有人说话。

然后有一个人站了出来，是在山腰树林外出言讥讽的那个青年。

“既然刘营长想看人跳舞，我们肯定要给他这个面子！兄弟们，拿刀！”

年轻的高罗青年人应声而立，从桌子下面顺出一把把亮晃晃的高罗刀——直刃平口，没有刀尖。

刘殷等人大惊失色，纷纷伸手去摸枪，酒碗翻倒，酒香流溢。

忽听一声哗响，一位黑面狮鼻老者拍案而起，喊道：

“我来助阵！”

“根叔！”不少青年大声叫好，举刀呼应。

他放开嗓子——嗓音浑厚嘹亮——唱起一首民歌：

上天赐给你力气，
上天赐给肉体诶；
大地赐给你力气，
大地也赐给骨头诶；
吸允鱼娘的乳汁，
我们子孙兴旺；
吸允神树的灵气，
我们后代发达……

持刀者们甩开衣衫褂子跳入场中，伏腰屈膝，扶刀过顶，如扛巨木。

有几人领头喊起号子：

“嘿咿，呦……嘿嘿，嘿咿，呦……咿噶嘿——”

老者继续唱道：

我在山下念经，
但我不是，
用鸡退鬼的贝玛，
我不能饮用山下的泉水；
我在山腰念经，
但我不是，
用羊祈福的贝玛，
我不能饮用山腰的泉水；
我在山上念经，
我是用牛祭祀的，
在神树下祭祀的贝玛，
鱼娘的后代，
兜玛的继承人，
是鱼娘恩赐的圣洁的女人，
是兜玛祝福的健康的男人，
我们和山神平起平坐，
在树荫下喝同一碗米酒。

他们跳起一支人与刀、刀与人的舞蹈，蹬踏地面，纵跃腾挪，刀锋忽而绕身飞旋，摄住日光，忽而翻过头顶，猛烈砍伐；他们是在舞蹈，更是在舞刀，威势节节拔高，乃至摧石崩岳；他们把心中的一股子怨气呼喊出口，踩进大地，劈入空中，仿佛一切可见不可见之物都是令他们愤怒的障碍。

塞尚看到，在这危险的舞蹈里，有一种狂躁的野性即将脱缰而出。

“王雷！”白陆长老的女儿白叶起身喊道，“我也来。”

“好！”领头的舞刀人欣然道。

白叶手握匕首跃入人群，场内的气势为之一变。

刀舞阵列稍稍舒展开来，为她让出位置，她自然而然地滑入中央，牵住舞刀者们的缰绳。她的舞姿兼具柔韧和胆魄，既不被气势吞没，也不与其争夺，而是在上方，在刀丛的圆心上翩飞，她手中的匕首像一尾银鱼，扰动着、拨弄着郁结的杀意，把它一点一点衔走，而舞刀者们注视着她，跟随其游动，渐渐被她牵引入真正的舞蹈。

塞尚心中一动。他不是被白叶的舞蹈打动，而是惊讶于她的通灵天赋：她能调动匕首里的鱼灵触摸每个舞刀者的灵魂，引导他们的情绪，这是他用“琴弦”才能做到的事情。

他忍不住放出一根“琴弦”，伸入场中，搭在银匕的刀刃上。

她马上就感觉到了“骚扰”。

银匕疾挥，“银鱼”将“琴弦”咬断了一小截。她没有放慢自己的舞步，只是克制地瞪了他一眼。

有意思。塞尚举起酒碗，向她微笑致意。

放在平时，他断不会做这么没有绅士风度的事，但是对她……算是打个招呼吧。

他接二连三地放出“琴弦”，四根、八根、十六根……恶作剧似的，罩向场中，去逗引她；而白叶则是一边舞蹈着，一边摆脱他的纠缠。越过舞刀者们，两人以这种无形的方式连接在一起——甚至可以说，是凭借着灵体间的抵牾，在上演一出并非你情我愿的共舞。

白叶忽然于旋舞中急停，挽刀如掬水揽月，刀锋绕着腰身划出一道弧，把所有“琴弦”都缠卷在刀刃上，紧紧拽住。

猝不及防下，一阵眩晕重重击中塞尚，几乎让他彻底陷入一种许久未曾体验过的飘摇感里。

他的破碎的灵魂，是靠“琴弦”缝补在一起的，现在，所有的“琴弦”都被她绕住，牢牢抓住，灵魂随着紧绷的“琴弦”一齐震颤，仿佛中空的共鸣箱。此时，他的灵魂是确实地，在她的刀锋上惊惧地搏动着、跳着一支沉默而惊险的舞。

白叶执刀站定，绕场疾行的舞刀者们像树荫浮掠而过，让她的脸庞时隐时现，模糊不清；而从“琴弦”的另一端，塞尚却又清晰地感受到白叶紧张的呼吸、加速的脉搏和灵气的潮涌。这种亲密的对峙让他们无比贴近。

塞尚本应该松开“琴弦”，抽身而退，然而醉意和灵魂的动荡共同催生出一个幻象，将他没入其中：

他好像回到了千年以前的埃及宫殿，坐在被阳光晒得烫手的金色杯盏后面，周围矗立着猫神贝斯特的黑色塑像，穿着白色亚麻布的女舞者们在场边排成一圈，围观着她为法老献上一支独舞。哈，他和她们一样，满怀炙热的妒意……为了赢下赌约，从法老手中赢得可以克制石镜的猫神后裔，她不惜以希腊祭司的高贵身份，屈尊献舞……那有如女战神一般凛然威严的舞姿在他心里留下了麻痒的刀口，时时让他爱欲勃发……那时候，她已经是他名义上的未婚妻，可是他从没有得到过她，从未……

“琴弦”绷断了。

塞尚猛地往后一仰，米酒洒在衣襟上；白叶踉跄退后两步，脸色发白，面露疲态。

在这一瞬间，塞尚居然感觉到了久违的爱与恨——这一纠缠郁结的意念既指向白叶，也指向令人惘然的过去。

白叶让他想起了过去的爱人，玛那依。

【白叶】

紧缚住她的金线自顾自地，把塞尚心中藏匿着的幻象灌注进来，斑驳的记忆、画面和触感像折光的碎玻璃，惑乱着她的魂魄：

白叶看到了一片荒漠，远处的金字塔像铜扣一样嵌在大地上……流沙深深地埋没住她和塞尚……他们居然在沙丘的深处躲藏着，紧紧相拥，仿佛一对生死相连的爱侣……

这是幻觉。白叶心里很明白。

但是所有的细节都如此栩栩如生，连那虚幻的爱意也浓烈得近乎真实……埃及法老派出的杀手从沙丘顶部走过，脚步窸窸窣窣，而他们两人微弱的心跳一起一伏，从互相区隔渐渐趋向相互回应……仿佛一定要身处于生与死的边界上，才能放任爱意把他们拉近……

白叶奋力抽刀，从中斩断。

金线纷飞。

白叶得以抽身而退，然而疲乏和失落一齐袭入，竟然差点让她流下泪来。她面色苍白，露出了小女人的柔弱来。

第六章

夜袭

【何魏】

何魏坐立难安。他本来想找个机会向白长老询问父亲的事，但是刘殷等人和高罗人之间是这么一个气氛，他找不到适当的时机说。

他感觉得到，高罗人的敌意把他和师妹也裹挟在了里面，这种敌意在高罗青年们挥舞刀器、齐声呐喊的时候彻底爆发出来，冲击着他的心神，那一刻他仿佛听到了山林的咆哮。

幸好白叶适时进入舞阵，缓解了刀舞的锐气，让局面不至于失控。

白叶的舞姿仿佛跃动的火，看进眼中，竟让何魏背上冒汗。这于他而言实在是少有的——不，从未有过的体验。刹住舞步时紧绷的小腿，露出衣袖的腕部骨节，仰头表现飞鸟高歌姿态时拉伸的颈部……何魏头一次发现，在身体的线条里，藏有关于一个人的生动的真实。尤其是个谜一样的女人。

婉莹有些跃跃欲试：不知道是因为看到白叶以一介女儿身游走于众位高罗男儿之中，身姿飒爽、英气逼人，惹人羡慕，还是看到她师哥盯着白叶不放，眼神过分专注……

她凑到何魏眼前，说："师哥，你说是我的武功好，还是那个姐姐更好些？"

“当然——是你更好了。”

“那师哥，你说我是不是也能去跳一跳刀舞？”

何魏差点被这个问题哽住。

“不行，你要是被伤到了怎么办？”

“不会的，我武功这么好。”

“……那你要是伤到了别人怎么办？”

“那更不会了。”

“不行。”

“那我去了。”

“等等——你也没有刀啊。”

“我的借给你。”白叶不知何时走回到桌边，把自己的匕首递了过来。

“谢谢姐姐。”婉莹一把接过匕首，兴高采烈地走进场中。

【邹婉莹】

舞刀的男人们不明所以地停下脚步，他们不知道这个小姑娘直愣愣冲进刀光闪烁的舞阵里是要干吗，垂下手里的刀，向外散开。

“呀，真没意思。”婉莹不满意地说。她好胜心一起，拉也拉不回来，手上一动，匕首就挑中一个人手里的刀，那人猝不及防，高罗刀脱手而出，飞到了桌子下面。

“好！”刘殷站起来，鼓掌叫好。

这下男人们的脸色不好看了。他们虽然不至于主动围攻一个小姑娘，但也一个个站定了马步，谨慎地握紧了刀，免得再被她得手。

但是婉莹的“重”字诀已经小有功力，普通的手劲是挨不住她这一挑的，接连又有两柄刀被她一招挑飞。一个人高马大的汉子双手持刀，向前推挡，想要和她角力，婉莹却手腕一转，把“急”字诀中的“七星赶月”化用为刺击，生生把对方逼得跌倒在地。

“让开！”领头舞刀的王雷挽了个刀花，亮出阵势，示意其他兄弟向后退。看来他是高罗刀客的最后一道关卡。

婉莹也不客气，进招就是急风骤雨似的刺、拧、挑，王雷稳稳接住，并不还手。其实她一向不擅长兵器（师父也没怎么教），更别说是匕首这种凶险的短兵刃，只是凭着刀快手重埋头抢攻。王雷好像看穿这一点，以点圈弹拨为主，避其锋芒，只等待她一口气用尽的时机。

果然，婉莹手上一缓，王雷立刻断喝一声，踏步直劈，刀路中正，避无可避，单靠匕首格挡不住，婉莹只能后退，王雷刀势尚未去尽，进一步压上。一退一进，婉莹眼看着被逼到了主桌边上，突然脚下一旋，飘然逸出，王雷一刀没有收住，把桌子劈去了一角，吓得刘殷直往后缩。

婉莹惊险地躲过这一刀，吃到了教训，开始凭着身法左右闪转，出招虚多实少，一沾即退。然而她败象已露，王雷的刀势勇猛刚劲，如野火一般不依不饶，光是闪躲，气机被压制，迟早要输。婉莹可不想在这么多人面前出丑，她拿定了主意，假意脚步停滞，卖了个破绽。

王雷应机挥刀，没想到婉莹手上一抖，把匕首当作暗器甩向他面门，王雷忙不迭收刀将匕首击飞，心里正暗骂，婉莹已经贴身粘了上来，空手缠住他的手腕。王雷着实吃了一惊，手腕剧痛，长刀脱手坠地。

婉莹兵行险招，把自己也吓出一头汗，还没来得及得意，王雷强行翻转手腕，也把她的手牢牢箍住。四只手扭在一处，单凭本身力气僵持着。

王雷一味发力，然后看见婉莹眼中含着两包泪，不由愣了一愣。

“看什么看！”婉莹较着劲说。

王雷这才想起来，面前只是一个十七八岁的小姑娘。

“……你认输，我就松手。”

“谁输了？你才应该马上认输才是。”

王雷发现，她的倔强表情，居然很像16岁时候的白叶——那时她还从未在比刀时赢过他，每一次把被打落的匕首捡起来，她的脸上都是这种表情。

正晃神时，王雷手劲松动，婉莹趁机抬脚踢向王雷下体。王雷勉强让要害部位避开，大腿根却还是挨了一下，痛得撒手跌退。

“你这是什么招数！？”王雷恼羞成怒道。

“谁叫你对我拉拉扯扯的？”婉莹既知道自己理亏，就干脆把胡搅蛮缠的招数也一并使了出来，“对付你这种臭流氓，就该用流氓招数。”

“你——”王雷气得瞠目结舌。

“流氓看招！”婉莹也不让他把话说完，又进招抢攻。

王雷拿她没法，只能上封下挡，坚守门户——被她这么一说，他是连她的手都不敢抓了。如此一攻一防，场面上看着倒是旗鼓相当，回到一种具有观赏性的均势上来了。

这时候，不单单只有刘殷及其副手等一些好事之徒鼓掌喝彩，不少高罗人也在叫好。高罗人的表情变得明亮些了。

【何魏】

何魏终于放下心来。白叶在婉莹的位置上坐下来，举起她的酒碗，于是何魏给她倒上酒。白叶一饮而尽，何魏勉强咽下半碗。

白叶说："你师妹不像是个坏人。"

"哈，是啊。"

"而你很像。"

何魏抬眼看她，莫名觉得心虚，"为什么？"

白叶没有回答。她慢慢环视一圈，仿佛把所有人都放在眼中过了一遍。何魏近距离注视着她深褐色的眼眸，产生了一种要往里扑跌的错觉。怎么会呢？她的嘴唇和颧骨不是清晰地表现出推拒的力度吗？但是，她的眼神里确实藏有一种意味：即使是无可奈何和自我责备的，她还是不得不把自己的包容和怜悯奉献出来，赠予给这世间自顾自堕落的一切事物……

白叶转过头，目光掠过何魏的脸——让他琴弦一跳——投向他头顶上方。

"白叶姑娘，我能坐在这里吗？"

原来塞尚已经端着酒碗走过来，站到了何魏身后。

"请。"白叶说道，语气平稳。然而当她给塞尚腾出位置，手肘一时贴靠着何魏时，何魏发觉她的身体在微微颤抖。这个法国人让她感到紧张吗？

"白叶姑娘舞跳得很好，看得出很有天赋。"塞尚奉承道，"我从未想过，拿着武器也可以表演如此美丽的舞蹈。"

"谢谢您的夸奖。不过塞尚先生从法国远道而来，难道是来游山玩水、增长见闻的吗？"

"难道不行吗？"

"现在局势这么紧张，不正是你们法国人发战争财的最好时机吗？"

听她这么说，何魏想起刘殷提过的那件十多年前的往事。知道塞尚是矿业公司代表的时候，他没有怎么多想，现在一联想……难道这意味着法国人又勾搭上了滇军，要在玛那依山上伐树开山、发掘锡矿？

塞尚笑道："白叶姑娘不必多加猜疑。中国有一句古话，'吃一堑，长一智。'法国人曾经在这块土地上吃过苦头，不会像过去那样做事。"

"真的吗？"白叶环顾四周，突然用质问的语气说，"那和你们一起来的那个和尚到哪里去了？"

"什么？"何魏一愣。仔细一看，苏沃大师坐的那张桌子后面确实空无一人。

"阿泰！"白叶喊道，一个敏捷的小个子青年应声走近。"你去找七奴婶，跟她说……"

后面她说的话就近乎耳语了。小个子匆匆去了。

白叶抿住嘴唇，一脸气恼的样子。

"你们不要太过分了。"

"怎么？"何魏问道。塞尚似乎察觉到了什么，面沉如水。

她叹了口气。她为什么要这样看着他？这种遗憾的语气……

"我真的不明白你在说什么。"何魏说。他不知为何焦躁起来。她到底是怎么——

"你们找不到它的。"

"找不到……什么？"

"高罗人已经无路可退，你们不要再逼我们了。"她喃喃道。

她一定误以为他也是军队的人了。何魏慌张起来，乃至有些口不择言，"不是……我和他们不——我不是军队的人……我是来找我父亲——"

"……我怎么可能相信这种话呢。我不想和你们说话了。"白叶起身道，"不管你们是来找什么的，劝你们一句，赶紧离开这里吧。"

"你可能听说过他，我父亲叫何绍郡，绍兴的绍——"

有一只手绕过白叶的脖子，搭在了她的肩上。

"白叶妹子，"刘殷醉醺醺地说，"你跳舞——呃，真得很好看哪。"

"营长过奖了。"白叶勉强说道，一边强忍住抽他一耳光的冲动，一边试图推开他的手。

"没有，你就是很好看，嘿。来来，陪你哥哥喝几杯，这么久没见，怪想你的。"

"不行，我酒量不好——"

"骗谁呢，妹子你一看就是海量。"

"别这样，放手——"

何魏本已经站起来要去掐刘殷的手腕，没想到有一个人动作比他还快，两步奔过来，一拳砸中刘殷的下巴。

刘殷像陀螺一样转了一个圈才倒在地上。

"大雷！"白叶惊叫道。

"雷哥！"从后面扑上来几个高罗男人拉住王雷。

"王雷，住手！"白陆长老也喊道。

刘殷带来的兵撇下酒碗，乱糟糟地站到一起。"妈的，这帮子高罗土鸡——"他们用手肘和枪托推搡，逼高罗人后退，高罗男人则故意用土语骂起脏话。双方都是喝酒上头的状态，一个拉扯就纠缠在一起，互相扭打起来，拳头还不一定能准确地落到对方身上。"哎哟，打你老子——""爷爷打的就是你——"

"砰！"

有谁往天放了一枪，场面安静下来。

刘殷靠副手扶着站起来，手捂着腮帮。“有种……妈的，牙都被打掉了。”他拿着配枪，冲高罗人招了两下，“有种打就要有种认。谁打的，站出来！”

王雷不顾阻拦，往前迈了一步，脸色黑沉，牙关紧咬。

“刘营长，我替他给您道歉，这孩子天性鲁莽——”白陆说，刘殷摆摆手，不想搭理他。

“我先问一句：我怎么你了，你就要跟我动手？”刘殷含糊不清地说。

“你说呢？打的就是你这个毛手毛脚的畜生！”

“王雷，住口！”白陆急道。

“怎么？”刘殷笑道，表情扭曲，“白叶妹子是你的女人？”

王雷一时无语，气得发抖，他身后那个壮汉见状喊道：“白叶妹子是我们高罗的女人！大家说对不对！？”

“对！”

“石头哥说得好！”

白叶强笑道：“刘营长，有话好说，这只是个误会——”

刘殷打断道：“白叶妹子，哥哥要是哪里冒犯到你了，哥哥跟你道歉。”他弯下腰，假模假式地鞠了半个躬。“至于这个人，嘿，胆敢袭击军官。”他“叭嗒”一下给枪上了膛，“当场枪毙！”

高罗人轰然喧哗，男人们握紧了刀柄，双眼泛红、青筋绽露，身上爆发出一股要拼命的悍劲；士兵们端住步枪，枪口发抖，眼神乱飘。这真要干起来，双方都要流血。

婉莹走过来，捏住何魏的手臂，焦急道：“师哥，怎么办？怎么就打起来了呢？”何魏没有说话，他凝聚精神，往刘殷等人靠近一步。如果近距离出手，他确实可以一下子制住刘殷，但是……挟持他以后要怎么办呢？（他为什么会有“挟持”这种想法？）他就成为了滇军的敌人，顺理成章地成为了“高罗人”？

“刘营长，不要着急开枪。”塞尚拨开几名士兵走出来，气度沉着，“你们如果要决斗的话，我可以来做裁判。”塞尚说话的时候，目光一直注视着白叶。

“啊？”刘殷一愣。

塞尚微笑道：“在我们法国，如果一个男人冒犯或者侮辱了另一个男人心爱的女士，最常见的解决方法就是：双方约定时间地点，公平决斗。”

“那又怎样？”不只刘殷，其他在场的人也都没怎么听明白。

“如果是决斗的话，目前的状况并不公平，在我看来，双方应该持有对等的武器。刘营长，你说对不对？”

何魏恍然大悟。这个法国人居然是在帮高罗一方说话。

刘殷简直是听迷糊了：“什么玩意儿？这里是云南，妈的我还要讲什么法国规矩？”

何魏主动出声道：“刘营长，如果按照中国习武之人的规矩，冒犯对方女眷即为私仇，也是要公平对决，空手对空手，兵刃对兵刃的。”

塞尚紧接着说：“不错，如果龙主席听说，刘营长为了女人，用手枪和一个用刀的人决斗……这种流言肯定会伤害到你的声誉。”

“这……”

“再说，”塞尚压低声音，“如果我们要在这里开矿，我们还需要这些人……”他附到刘殷耳边窃窃私语。

刘殷犹豫半晌，突然一抬脚把一张凳子给踢飞了。

“我记住你了，小土佬。”刘殷阴狠狠地说，“妈的……我们走！”

11 月 9 日，碧色寨，新编第一集团军第五旅第二营营房。

【何魏】

二营的营房离车站不远，曾经是本地雇员的宿舍，出门走十来步，就能看到以前法国人开办的养牛场，仓房设备近乎荒废。

吃完晚饭刘殷都没有露面，何魏和师妹沿着斑秃的草场散步，才偶然看到他站在门里和军医谈论什么事情，比手画脚的，频频指向自己肿大的腮帮。

熄灯睡觉的时候，何魏开始觉得自己像一个走错门的客人。他现在住的是刘殷特意腾出来的宿舍，独门独户，一张大床，书桌上搁着一本扯去封面的《三国演义》。刘殷的军装外套还挂在衣架上，何魏躺在床上，正对着它，心里很不自在。

他想起傍晚师妹对他说的话。

“师哥，你为什么不跟高罗人坦白你的身份呢？”

“时机不合适吧。我应该怎么说呢，说我是何绍郡的儿子？”

“对啊，不然呢？他们肯定是认识何叔叔的。”

还在昆明的时候，何魏就把父亲书信里的内容向师妹大致复述过了。

“……说不清楚。我觉得，如果父亲真的是在玛那依山上，高罗人应该会善待他的。”

“啊？这个……他们人是不坏啦，除了有点凶。”

他也并不讨厌高罗人，何魏想。但是……为什么他一定要“被”归属为“玛那依山里的高罗人”呢？为什么，他一定要把自己的命运归结到这里？如果能不动声色地找到父亲，他们可以一起回昆明去，回去把金玉堂再慢慢打理起来，至于自己身上的病和高罗有什么渊源，那根本无关紧要。至少，无论他每一次在梦中走到哪里去，父亲都会找到他的……

他为什么要让自己被划进这一小格里面呢？他早已经厌恶这种感受了……

是从什么时候开始的？是从他第一次在书院夜宿，结果梦游出逃那次吗？……“白无常！”“鬼里鬼气的——”一起上学的孩子们嘲笑他，不让他走进宿舍……

还是那一晚他在桥下被打醒？……“装什么癫，死远点，别跟这抢地盘。”流浪汉们踢打着他……

还是在考联大做体检的时候，当地的医生退回了他的报告单……“何先生，唔……听说令公子患有梦游症啊……我这里有个相熟的德国医生，研究心理的，您看？……我把地址写给您……”

他不愿意再站到一个新的小方格里。他像一株盆栽吧，他已是景观式的病人。

但是啊，他也不愿意安心地跨到外面，做其中一个投掷凝视的看客啊……

天亮了，门开了。

何魏好像刚刚还在想事情呢，现在就已经“醒”了。

他走出门，天空净蓝，养牛场里青草油绿，人群熙攘。人们面带着发自内心的笑容，排成一列通向仓房的寂静的长队。

他们在走向什么地方呢？不知道啊。但是在人们的表情底部，蠕动着一种不言自明的幸福感。他怎么能不被他们感染呢，何况，父亲也站在队伍里。父亲只冲他一点头，就回过头去，满怀着信任——信任他会跟上来，和他们一起。

果然。愉悦一段一段累积起来，像麻绳一样牵住他的鼻子，帮助他向前走。

他最后一个走进仓房，发现里面的墙壁居然是洁白如新的，绳圈、铁勾、凿子、尖刀……整齐地悬挂着，都像没用过一样干净。他高兴得呼吸困难，双眼噙泪。

一只手按住他的耳后，亲昵地抚摸。

“你终于回来了。”近乎和蔼的声音。

他仰起头，急切地看向主人的脸庞。

何魏猛地惊醒坐起，后背上汗水淋漓，额头上却是阵阵冰凉，血管跳痛。

仍然是深夜。门外传来机械般沉重的嘈杂噪声。片刻间，他还以为有谁启动了仓房里用来宰牛的机器，没想到紧接着就听到了属于人的惨叫和求救声。

何魏飞快跳下床，随手扯过一件衣架上的衣服披上，拉开门。

草场边上的围栏塌了大半，一个士兵拽着栏杆之间的铁丝，双手流血，绝望地挣扎。士兵的下半身嵌进了地面，一头仿佛来自九幽地狱的漆黑巨兽浑不在意地踏着他的背，抬首四顾。

它翘起鼻子，好像注意到了什么气味，所以低下头，盯住了何魏。

何魏没有足够的时间作出反应。

巨兽向下扑击，如同千斤坠石，整个把何魏罩住，他仅仅来得及向右侧跃出，然后就感觉到腿骨剧痛，眼前一黑。

【邹婉莹】

借着月光邹婉莹看见，那头闯进营地的巨兽是一头雄壮如山的黑熊，眼洞碧绿，背脊上留有一线白色的毛发。

它撒开腿冲锋的威势比坦克更不可阻挡，几间集体宿舍的房门纸糊似的被它一掌扯烂，然后在屋里尖叫的二营士兵们就被大力扔出来，像破枕头里的棉絮向外飘落。

婉莹倚在窗后，吓得浑身发抖，看到它朝她住的宿舍靠近，颤抖却又停止了，似乎恐惧到了极点，进入了平静的水域，等看到师哥披着一件军外套从屋里走出来时，她的心跳都停顿住了。

黑熊把师哥一把扑倒，按住他的腰，撕咬他的肩膀。

“师哥……师哥！”

婉莹魂不附体地跑出门看，黑熊已经叼住师哥瘫软的身体，把他向玛那依山的方向拖动。

“日俺娘嘞……”刘殷不知从哪里钻出来，只穿一件背心，脸色死白，双腿战战，“难道真是高罗土佬召出来的妖怪……”

婉莹说：“救救他，救救他。”她的声音和表情一齐变形。

“救，肯定要救。”刘殷说，他向集体宿舍走去，“还有没有能拿枪的，啊？站起来，出个声。”

没有人响应。十几号人靠墙瘫坐，心有余悸地抽着烟。

“妈的！这群怂蛋——”刘殷疲软地骂骂咧咧，回头一看，邹婉莹已经朝黑熊离开的方向追去了。

【何魏】

何魏发现，自己的一部分肉身已经脱离开去，坠入虚空。

他时而贴地飞行，时而摩擦地面，夜间湿润的土壤吸收着身上的血污。即使是这样的虚弱，这样不省人事，他还是能感到自己在不停地发抖，仿佛身体卸去了重量，变得脆弱不堪，承受不住心脏的跳动。

他是已经死了，还是正在死去的路上？

地势变陡了，他的手和脚耷拉下来，就像行将遗失的零件。他在被带往高处，他在上升。近了，接近了，更近了。梦境的碎片还黏着在眼中……他就要被倒吊着奉献给那个人了，仓房里的“主人”，有一张熟悉的面孔……

塞尚！

何魏一下子被眼中的碎片刺醒。那是塞尚的脸。不，有一些微妙的不同，但是，肯定是塞尚，他的眼神，他站立的姿态……怎么会是塞尚呢？他是谁？他在等待自己回到哪里去？

不过，这些问题眼下好像不是很重要，他还被一头巨兽叼在嘴里呢。

想到这里，何魏不由得呻吟了一声，因为左肩和右腿的剧痛很不巧在这时复苏了。

巨兽停住脚步。很明显，它听到了。

它迟疑地把他搁在地上，松开嘴，凑到他脸上嗅来嗅去。何魏强忍住恐惧，紧闭双眼屏住呼吸，佯装自己已经没气了。巨兽退后两步，站立起来，好像还在观察何魏，要是它一个不满意，赏一记熊掌，何魏就算交代在这里了。

不过它没有这样做，而是忽然放声号叫，似乎压抑着极大的痛苦。

何魏睁开一条眼缝偷看：巨兽竟然在他眼前变形了，凸出的口鼻和利齿塌陷下去，变成人的面孔，庞大的骨和肉像烟气般翻卷、收缩，硬生生拧压成一个属于人的身体。这个赤裸的男人扶着树干，剧烈喘息，好一会儿才走过来，俯下身。

两个人的视线对上，各自发出一声惊叫。

“是你！”何魏震惊道。

“是你！”王雷困惑道，他的表情里掠过一丝尴尬，不过马上就被沉默的怒火盖住。

“你……你们是什么？”何魏问。他真正想问的，其实是，“我们是什么？”

王雷没说话，只是阴冷地盯着他，何魏顿时心生警兆。即使兽已化人，王雷身上还残留着浓重的血腥味，非人的杀气仍然存在。

“我要抓的不是你，不过……既然你都看见了，那也没办法。”王雷突然出手，掐向何魏的脖子。

何魏已有防备，也不招架，右手一记“开铁闸”，直接猛击在王雷的胸口，王雷闷哼一声，向后跌出。这一招能致人内伤，在平日练习“合手”时是禁招，何魏现在使出来，是背水一战的意思，然而拳头一出，何魏头晕目眩，知道自己失血过多，撑不过这一仗的。

他爬起来，果断选择逃跑。

王雷把他挟带到了一片森林里，月光照不到地上，何魏认不得路，只能随便挑一个方向疾走。他几乎是拖着一只废掉的右腿，跳过岩石和灌木，肩膀还在流血，他已经无力催动完整的“轻”字诀，只能放任碎片状的口诀在脑中任意流动。

背后传来急促的脚步声。王雷已经追近了，看昨天的场面，他的武功确实不错，挨上何魏一记虚弱的“开铁闸”，构不成妨碍。

何魏穷尽气力奔逃，要把生命损耗干净似的。这不是人在追逐人，而是野兽在追猎另一只野兽。

就在何魏眼前发黑，实在蹦跳不动的时候，面前出现了一个突兀的小山包，底部有一个洞口，像一座草率筑成的墓穴。何魏也没得选，一低头钻了进去。

幸好里面的空间容得下一个成年人。何魏用右手扒拉，往深处爬去，王雷停在洞口外，不知道是不是打算追进来。

这时，远处传来若有若无的呼唤。

“师哥……师哥……”

是师妹！何魏张口想要喊她，却被洞里的尘土呛得连连咳嗽。

王雷骂了句土语，想了想，搬过一块石头塞进洞口，再用力补上一脚把土层踢塌，然后朝另一个方向跑开，免得和那个会武功的小姑娘撞见。

这下子，何魏是一点光都看不到了，而且连声音也听不见，只能听到自己的喘息。

何魏等了一会儿，觉得外面没有动静了，试着倒爬向洞口，用脚去蹬那块石头。卡得很紧，以他现在的状态是蹬不出去的。他撕下破烂的左袖，裹缠在肩上——以前跟父亲学到了一点应急用的医治手段，现在派上了用场。

怎么办？在这里等待身体恢复吗？何魏考虑着，一边驱运“苑池养风”调理气息。

不行。等得稍久些，王雷有可能去而复返，在旁边埋伏，虽然他有信心和高罗人比拼空手功夫……但他毕竟瘸着一条腿呢。

那只能在另一边找出口了。何魏定下主意，重新向洞里攀爬。

这个洞穴颇为深邃，且有向地底倾斜的趋势，渐行渐深，泥土无比静默，何魏频繁地摸到洞壁上浮凸的根须，有小臂粗细。原来他正在树根下面无望地爬行着。

幸好再往里去，地面变得湿润而柔软，能闻到新鲜空气的气味，何魏感觉到了希望。

果然，前方现出一点微光。何魏高兴地鼓起余力，用手肘撑着，慢腾腾地蠕动过去。他的右手已经累得比石头还硬了。

探身出洞，他上下左右看一圈，无言苦笑。

这里根本不是什么出口。他只是来到一个比小穴更宽大的洞窟而已。

第七章

险境

11 月 9 日，玛那依山。

【邹婉莹】

要是婉莹把“轻”字诀催动到极致，速度迅如白驹，那时还能不被她追上的，云南地界内不超过五人。但是在树林里，地形起伏，草深树茂，她没有机会跑出全速，只能跟着前面那人绕圈子。

她本来是追着熊的号叫声过来的，叫声断绝之后，取而代之的是某个动物在林中狂奔的声音，而且听方向是在试图躲避她，于是婉莹当机立断运起轻功，一路追踪下去。

追出不久，她就发现自己弄错了。熊跑动时动静很大，而前面这个生物的脚步声相对轻捷，更像是人——可如果是人的话，躲她做什么呢？难道以为她是什么野兽不成？婉莹觉得很可疑，遂选择将错就错，追到这人问清楚再说。这个人显然熟知树林里的地形，几次借着地势绕弯逃遁，把她气得不行，她性子一起，更加执着于这场追逐了。

将近半小时过去，婉莹追到一处岩壁下面，暂时听不到逃跑者的动静了。

他跑不掉的，婉莹蛮有把握地想。他肯定藏在附近呢，只要等他按捺不住，她就有机会抓到他。

不想此时，从岩壁顶端隐约传来一阵脚步声，让她大吃一惊。

她才落后短短两三秒，他是怎么这么快爬到岩壁顶上面去的？

婉莹没有细想，捋起袖子着手攀爬。

岩壁非常陡峭，虽然有不少醒目的、可以落脚的凹洞，还有可以抓握的树蔓，爬起来还是颇费体力。婉莹爬到一半站住脚，抬头瞅一眼，憋着一股子不服。她冷不防回头一看，内心被眼前所见触动：

月光皎皎，下方的树林呈现出浓郁的玉质光泽，像青紫色的珊瑚群，夜雾像缥缈的轻纱盖在树梢上，随风荡漾，更有一群细小的莹白色光点在风中飞舞盘旋，时聚时散，如魅如魑，美妙如梦中异境。

从这里能看到林中小路，从方位上判断，她身处的地方，正是昨日她看到的那块岩壁。没想到，日光下单调乏味的树林，在夜里居然会这么好看。

婉莹继续向上爬。到了顶端，她屏气凝神，谨慎地探出头。

还真的有人在，就在更高一阶的岩壁平台上。不过不止一个，而是有三人。

婉莹瞄到其中一人的光头和其似曾相识的侧脸，差点失声惊叫。

那人便是昨天见过的苏沃和尚。他跑到这里来干吗？

另外两人更是形态特异：其中一位也是光头和尚，披着灰色袈裟，体格高大粗壮，皮肤上好像纹满了矩形花纹；第三人则趴在大个和尚背上，脑后扎一个滑稽的发髻，眼睛上绑着布条，看样子是个瞎子。

他们站在一个洞口外面说话，口音都很奇怪。

“是这人吗？”这个声音很冰冷。

“没错。”一个浑厚的声音。

“是倒是。变化大。”这个声音则很难听，又紧又尖。

“怎么？”

“不正常，疯掉了。”

“……这还用你说，俺都能看出来。”

“嗯……他儿子还不知道他在这里，我们可以利用他。”

“有问题。”

“问。”

“我们有，黑马桑，黑手桑，和小茱，要那人，什么用？”

“你在质疑我的判断吗，黑目桑？”

“我不敢……”

“他不是这个意思……”

“我只解释一遍：那个人和高罗人关系不浅，我们用得着这种关系。如果我早一点拿到这个情报，我会和你们一起去追捕他。”

“明白，明白。”

“有问题。”

“还有什么问题？”

“附近有，其他人。”

婉莹往下一缩，窝到岩壁表面一小方仅能落脚的平台上。她是不是被发现了？

“听出来是谁了吗？”

“是……他……他……”这个人的声音奇怪地颤抖起来，好像非常恐惧。

“……走。我们现在不适合跟他正面冲突。”

一轻一重两种脚步声，同样凌乱。

过不多时，婉莹探头一看，他们已经从另一侧岩壁下去了。不知道他们为什么突然走掉。她爬上平台，再凭轻功纵跃三下，登上一层“台阶”，走进那处洞穴。她很好奇，他们刚才谈论的是谁。

里面只有一个人，头发披散，口角流涎，被宽长的蓝布捆住手脚，结结实实地绑在一根铁柱上。

“喂？”婉莹试探地问。他动了动下巴，嘴里发出极为刺耳的磨牙声，仿佛他的牙齿不是牙齿，而是石子。

婉莹走近几步，大着胆子观察他。

他忽然抬起头，表情癫狂，咧嘴大笑着，却没有一点笑声。

她看着他的脸，脑中一片空白。

这人竟然就是何绍郡叔叔。

【何魏】

洞窟呈半球状，四周的石壁上有数十个洞眼，大的能放进水缸，小的只能容一只手伸进。往洞眼里瞧去，深处搁着奇形怪状、各种样态的石雕，绝大多数都是瓦猫，龇牙咧嘴，模样凶恶，不知道放在这是不是也是用来辟邪的。

洞窟中央是一株大树的根部，正是树干中流动的绛紫色光脉照亮了整个洞窟。大树的腰身并不粗大，但是根须非常铺张，筋肉虬结地抓握着泥土，且继续往地底深入，而它的气须则沿着洞窟顶部蔓延，成片地垂挂下来。

在那些根须的间隙里，浅埋着许多表面光滑但是色泽黯淡的“石头”。何魏走过去，捡起一颗石头观察：质地像是玉，但是相比于上等玉料的温润灵性，其灵性几近于无，看上去还带有一种玻璃般的死气。

扒开泥土往下掏，这种石头还有很多，由下至上，把根须之间填塞得满满当当，都是惨淡灰暗的，死去了似的玻璃石头……但是，在更深处的石缝里，何魏看见了一道幽幽的青色荧光。他跪在地上，把手伸下去，用手指撬松拥堵的石块，让那道荧光扩大。

那里有一整块深青玉料，被几条根须环抱住，足足比家里那座小玉山大四五倍，是真正的“玉山”，玉质内的紫色脉络已然模糊不清，但还能看得出是叶脉形状，几道发丝粗细的光线从叶柄抽出，注入根须里，光芒一点一滴挪动着。

何魏想起来，这和父亲给他的那一小块玉佩是同一种玉。面前这座玉山，很可能就是父亲从某个偏僻遥远、无人问津的荒山里，千里迢迢运送过来的。这得耗费多少财富、多少时间、多大的心血和心力？

这么做是为了什么？又是否值得呢？

何魏心神激荡，忍不住伸手触摸玉山。

光华闪烁，整个洞窟嗡嗡震动，似乎有谁颇为生气。何魏忙不迭缩回手，却好像已经来不及了。从各个洞眼里挤出一只又一只流光溢彩、变幻不定的“猫”：说它们是猫，它们由光斑和光线织成，没有肉身，没有影子；说它们是魂魄，但它们又具有过于实在的气息和生机。

有些猫自顾自游走到洞窟顶部，有些则绕着何魏打转，姿态庄严，仿佛是在监督他不准乱动。一只橘黄色的小猫像肉球似的滚到他的脚边，然后噌噌噌爬过他的膝盖，爬上了肩膀。小黄猫居然是有体温的，它携带的温暖缓和了创口的疼痛。

何魏冲它微笑，表示友好。

小黄猫也咧嘴笑了，不过是意味深长的、甚至有些狡诈的笑容。

然后它刺溜一下钻进了他的瞳孔。

【邹婉莹】

何叔叔怎么会被囚禁在这里呢?

婉莹脑中的齿轮噼里啪啦卡死在一起，如果硬要继续运转，只能是迸出一连串意义不明的火花来。

这一晚接二连三发生了好多事：营地被黑熊袭击……黑熊把师哥掳走……她追踪黑熊上山，进了树林……然后转而追踪一个逃跑的人……再然后呢，她撞见两个和尚和一个瞎子在这里说话……

现在又扔给她一个新的疑难，她要怎么接受嘛!

当务之急，还是先把何叔叔救走再说。

但是……何绍郡的状态很不对劲。婉莹留意到，他的嘴里像是长了苔藓一样，舌齿发绿，看着毛骨悚然。她强迫自己移开视线，专心对付捆缚用的蓝布。蓝布表面的金色花纹——流水、树叶、飞鸟和少女——让婉莹感觉些许安定。这也没什么用就是了，她实在看不明白铁柱背后的结扣是怎么打的。

所幸她带了一样用得上的工具。

她抬起小腿，从靴筒里摸出一把银匕首——她瞒着师哥从昆明带过来的，白叶的那把银匕首她用过的，和这把相似极了（除了柄上的花纹不同）。

婉莹拔出匕首，比画着位置。

“住手！”洞外突然传来一个苍老而严厉的声音。

被这么一吓，婉莹慌张挥刀，划断了蓝布，何绍郡猛地挣脱出来，冷不防举手抓向她的脸。婉莹用手一格，手腕磕得生疼。

“哎哟，是我啊！我是邹婉莹啊。”婉莹着急道。

“笨丫头。”洞外老人骂道，“他认不出你的。”一位老婆婆走进洞来，一手负在背后，一手拄着拐杖，身着蓝底白纹的长褂，双耳悬垂着一对银环。

“怎么会——呀！”婉莹痛哼一声，手指被何绍郡夹在手里，她眼看着他的手背上突然冒出一簇簇叶苗，身体莫名变得虚弱无力。

“放开她。”老婆婆喝道，她的耳环震颤起来，凝聚起耀眼的光华，光华如水流淌下来，各自分离出一只光晕缠身的飞鸟——这一系列变化发生在瞬息之间，如呼吸一般自然。两只鸟一红一白，红胜火，白如雪，齐齐振翅起飞，形成前白后红的对位，一股热风从红鸟翼下奔涌而出！

灼热的“风刀”刮过面颊，让婉莹感觉到强烈得干渴。

叶苗“噌”地燃烧起来，何绍郡向后退却，手忙脚乱地扑打着火的手背。

红鸟又是两记“风刀”挥出，把何绍郡逼向角落，不敢动弹了。

“呼……谢谢婆婆。”婉莹惊魂未定地说，“他是怎么了？是得病了吗？”

“得病？得病倒还好些。”老婆婆瞪了她一眼，忽然拐杖一动，敲中婉莹的小腿。

“啊呀。”

“你是哪家的孩子？”老婆婆呵斥道，“不知道这里是禁地吗？”

“我是山下来的——”

“什么！？”老婆婆简直要怒发冲冠了，“山下的人跑到这里来做什么？寻死啊？”一副要把婉莹扔下山去的气势。

“我、我……”婉莹既觉得委屈，又觉得生气。救了她就有权利对她发这么大火吗？再说，就这样把何叔叔关在这里，她还没（替师哥）责问他们呢。

老婆婆眼一低，瞄到她手里的匕首，脸色大变。

“女娃子，你把那匕首给我瞧瞧。”

“……不给。”

“不给，我就让日月乌把你扔下山去。”红白二鸟并肩站开，耀武扬威。

“……”

老婆婆接过匕首，仔细地查看柄部，然后抬头盯着婉莹，吃惊道：“这一把是林脉一系的信物啊……你是何绍郡的女儿？”

婉莹不知道她为什么这么想，但为了方便救何叔叔，硬着头皮回答：“不错！我就是他的女儿。”

“……那你为什么姓邹呢？”

“……”

【何魏】

“喵呜。”

何魏想试着说句话，却发出一声猫叫。

往旁边看看，他的衣裤交叠着落在地上，目测以他现在的体型，可以从裤腿钻进去，再从衣服领口钻出来；仰头看，洞窟高得看不见顶，树木巍峨耸立，几只大猫漂浮在空中，发出幸灾乐祸的窃笑；举起两只手瞧瞧呢，手掌变成了毛茸茸的爪子，掌心里还窝着粉色的小肉球。

何魏欲哭无泪。这算什么事情，他怎么会变成一只猫呢？

而且，还是一只瘸腿的“三脚猫”——他的右腿还带着伤，左肩也用不上力，走路保持不住平衡。

十来只与小黄猫大小相仿的小猫好奇地靠拢过来，围观着他，它们肤色各异，神态动作都很稚嫩，明显和头顶上那些饶舌的大猫差不少岁数。

其中一只白猫大胆地伸出爪子，挠了挠何魏的尾巴。

喵！何魏不耐烦地吼了一声，挥爪威吓。

小猫们看到他生气，反而变得兴奋起来，一只一只前赴后继地扑上来，在他身上胡乱搅和。它们几乎没有重量，抓挠身体时没有痛感，但会让他体内发痒，忍俊不禁；他想把它们拔开，爪子却总是从它们身上滑出。如此一来，他只能被一众小猫按在地上挠痒痒，几无还手之力。

“喵……喵……喵——”

他哀声求饶。反正他现在只是一只猫，用不着什么脸面。

忽然洞窟剧震，顶部的根须钻入石壁，扭转盘结，硬生生旋开一个大口子。

这是要送我出去？何魏搞不清眼下的状况。那些小猫们不知何时已经溜回自己的洞眼，只伸出一个个小脑袋在那窥探着，连在空中飞来飞去的大猫也安分下来，贴壁停住，正襟危坐似的。

一股成熟的体香飘进来，凑近何魏的鼻端，让他脊椎发麻。他感觉到了一种新的需要：自己需要被这一香气所驱使。

一个女人探身进洞，无声无息地落下来。她身材修长，被蓝黑色宽布交错裹紧，脸庞又窄又尖，脸颊上还长有猫须，像一张融合了女性五官的猫脸。

“你是谁？”女人问道，声音慵懒悦耳。

“喵？”

是在问我吗？何魏装模作样地左右看看。小猫们遗憾地转过头去，不忍再看。

女人一弯腰，一把将何魏拦腰抄在手里。他吓得小心脏都要跳出来了。

“我能听懂你说的话。再问一次：你是谁？怎么进到这里来的？”

近距离和她对视令他有点精神恍惚，因为在他眼前，她的眼睛大得怕人，像月亮一样摄魂夺魄。但是她的褐色眼眸，他还是能认得出来的。

“喵……喵？”

“欸？对……我是白叶。”女人皱眉道，“可你是……？”

她的眼睛直逼到何魏鼻子上，想要辨认出他是谁。

你别这样看我，我要受不了了。何魏无声地哀鸣着。

【邹婉莹】

“所以……你才跟你娘姓？”

“对对，后来我从东北来到云南——”

婉莹胡扯出一个俗套的情感故事，总结起来就是“长白山下郡郎留情，千里单骑婉儿寻父”，听得老婆婆满脸狐疑，但是看到小姑娘讲述时情感充沛、几欲垂泪，她又不好细问，她的表情大致上是从“女娃子你在说书呢”过渡到“好了好了就当你说的是真的好了”。

“没想到除了何魏，何老弟还有你这样一个女儿。”老婆婆看向角落里畏缩着的何绍郡，喃喃道。

“婆婆认识我师……我哥吗？”

“不认识。只是当年他出生的时候，是我给接生的。”老婆婆微微摇头，好像想起了当年的事情，“现在再看见，肯定是认不出来了。”

对了，师哥是在这里出生的，那说起来，他跟这位老婆婆还是“老相识”。

“他从小到大都那样。我们昨天还一起到山上来过呢，就是没跟你见过。”

“昨天？”老婆婆面色一沉，“何魏来蒙自找他爹了？”

呀，把师哥给忘了……婉莹才想起来，师哥还下落不明、凶吉未卜呢。

她一着急，语无伦次道：“他、他就在山里，被拖到这里来的……一头熊咬了他，我们就住在军营里……这么大一头熊，我追啊追好像追丢了。”

“……听不懂你在说什么。何魏为什么回来了呢？何老弟应该是不许他回高罗的。”老婆婆叹了口气，“唉，早年我和大哥苦劝他，让他把何魏留在玛那依，他不听……现在回来，时机太不合适。”

婉莹心想，为什么回来？这不是明摆着吗？何叔叔在这呢。

“婆婆，你看，能不能先把我父亲放了？”

“你不知道他现在的能耐，在这里放了，你就找不到他了。”

“啊？怎么会？”

“这样吧，你拿布条把你父亲的手捆住，这里也不安全了，我们得带他去山谷，有事到那以后再说。”

“可是我哥他——”

老婆婆用力一顿拐杖，打断了她的话。婉莹以为她怎么又发火了，却见那只白鸟立于红鸟身后，迅猛挥翼，几道凝结的“气剑”飞向洞口，忽然碰碎，噼啪噼啪，细小的冰凌四下溅开。

一柄武士刀从空无中伸出来，光洁如雪，不染纤尘，持刀的苏沃和尚随之浮现，身影透薄，仿佛一张被月光盖住的纸。

“又是你！”老婆婆厉声喝道。

“是我又如何。”苏沃冷笑道。

“你没资格说中国话。”老婆婆扔下拐杖，伸出一直负在背后的左手——手心里有一道瘆人的焦痕——双手屈张，似乎在做准备活动，“如果知道你是日本鬼子，昨天我不会留手。”

苏沃眼中杀机毕现，“你怎么知道的？”

“阴阳术罢了。”老婆婆讥讽道，“大哥在蔡锷将军身边见得多了，你这都是玩剩下的。我猜，你姓苏我，是也不是？”

“住口！”苏沃隐去了身形。

老婆婆双手一错，红鸟落到她的身边，羽翼一张，炽热的烈风汹涌奔流，火光刺得人睁不开眼。

“女娃子，保护好你爹！”老婆婆喊道。

婉莹赶紧持匕首于胸口，退守到何绍郡身前。这种仗她怎么插得上手？

刀光灵动闪烁，在烈风中左突右冲，寻找破绽，忽而它斩穿火焰，逼到老婆婆身前，红白二鸟就立即移形换位，热变冷，火成冰，寒白气剑猛然迸发，再将飘逸的刀光压下。一来一往，看得婉莹目眩神迷。

对了，苏沃和尚去而复返，那另外两个人呢？

老婆婆双手捏印，气势勃发，两只大鸟绕空飞旋，冰火交加，一时将洞口挤满。刀光一凝，苏沃现出身形，浑身冒着青烟向外跌退，老婆婆见状，抢步上前，想把他吹下石壁——

呀，不好！

婉莹刚想出声提醒，一道异常锋利的尖啸在此时刺进洞里，让她双耳剧痛，眼前昏花。等她再定神一看，老婆婆已经捂着胸口半跪在地上，红鸟瘫软坠地，仿佛被弓箭射落。

光头壮汉驮着那个瞎子走进洞口。

“射中没？”瞎子问。

“中了，一射中俩。”壮汉回答。

老婆婆连连咳嗽着，说不出话来，苏沃和尚从容地走到她身边，双手握刀，对准了她的脖颈。

“不要！”婉莹纵身跃起，催动“轻”“急”字诀，刺出了平生最快的一刀。

匕首居然刺进苏沃的腹部，没入至柄。

可是“苏沃”微微一动，残影破碎，烟消云散。

真正的苏沃出现在婉莹身后，一刀劈向她的脊背！

刀锋入体，血液都凝滞了。好冰冷的刀啊，像冬天的雪花沁透进来。

时间仿佛也停滞了，冻结在这个瞬间。

一个金发黑衣的男人站在洞口，挡住了所有的月光，婉莹最后所看到的，就是从他身上拖曳出的数不胜数的金色线条，每一根都像阳光般柔软、明亮，紧缚住每一样人和物，仿佛是要把正从她眼中消失的这个世界挽留住似的……

第八章 兵危

11 月 9 日，玛那依山。

【白叶】

白叶还记得，她第一次通灵是在九岁。那年秋天有一些羸弱的猫灵往生极乐，爷爷和七奴婶忙着把失去“生机”的瓦猫请出来，重新烧炼，然后埋在神树下面的洞窟里，等待新的宿主——如果没有新的幼猫灵入住，瓦猫只是死物而已。

白叶从爷爷的床底偷走了一只瓦猫。它刚从神树林起出来，小巧可爱，里面住着一个调皮的幼猫灵，因为感应到白叶的通灵体质，心痒难耐挤占了她的身体。她无知无觉地在其他人家的屋顶上奔跑、跳跃、上下攀爬，直到深夜，直到被爷爷的卡路鱼找出来。那时她已经长出了尖耳朵和白色的绒毛，几乎变成一只野猫。

通灵是那样残酷而危险的一件事，她那时就切身体验到了。平衡是最重要的：既不能屈服，也不能过于强势，一方面要不断地忍让、妥协，同时要适度地威逼、索取。就像和人交往，每一只猫灵都代表着一种新的关系，或者像朋友般松弛，或者像情侣般微妙。

白叶低头看一眼怀中的小黄猫。

如果何魏没有灵气可以供给，那在和幼猫灵的“交往”中他就凭空欠了一笔债，作为债主的猫灵任意就能占有他的身体，予取予求，一旦筋骨心脉尽皆稳固，他就只能当一只小猫重新过活了。

她的动作还得再快些。

【何魏】

白叶在树林中飞奔，单手把变成猫的何魏搂抱住。何魏的肋骨紧贴着白叶的胸口，小心脏怦怦乱跳。白叶身上有一股子辛香，大概是被什么药叶熏过，一闻就让何魏口鼻发痒，耳根燥热。

不知道是不是因为变成半人半猫的样子，白叶跑起来就像一只矫健的野兽，单手和双脚着地，一耸一蹦的，跑得欢了，还跳到树上，在高高低低的枝头弹跃着。

她忽然压住一根树枝，全力跃起。他们飞向空中，无休无止似的，沿山坡向上扩张的树林在眼前展露开，仿佛雍容华贵的深紫色绒毯，成群的莹白光点在天空下纷乱飞舞，匆忙而躁动，其中一粒迎风钻进何魏的鼻子，激得他打了一个喷嚏。

白叶嗤笑一声，然后表情又恢复忧郁。听何魏说劫他进山的是王雷（变成的熊）之后，她的脸色一直很难看。

高处传来一声悠长的哀鸣，仿佛是在呼救。白叶刹住脚步，分辨清楚，立刻朝那个方位赶过去。

岩壁屹立在前，白叶把他搁在肩上，徒手攀爬，一纵一跃，长指甲抠着岩缝，速度飞快。

有两个人坐在更高一层的石阶上，一个是脸色阴郁的老婆婆，看到白叶爬上来，眉头舒展开了些，另一个人靠在她的怀里，面无血色，那是——

“喵！”何魏几乎摔下白叶的肩头，幸好她手快把他接住。

“乱动什么？”

“喵——那是我师妹。”何魏万分紧张地说。

“什么？”白叶吃惊道。

他们爬上了石阶。在上空盘旋的白鸟缓缓降下来，融入到老婆婆的耳环里去。

邹婉莹脸色雪白，紧闭着双眼，一副不省人事的虚弱样子。何魏跑到她身边，推她的手。

“喵、喵！师妹，师妹！”

她的手好冰。何魏心疼得厉害。

白叶蹲下来，两只手分别握住老婆婆和婉莹的手，命令匕首里的鱼灵检查两人的身体状况。

“七奴姑姑，发生了什么事？”

“是昨天那个日本人，还带了两个帮手……”白七奴盯着何魏，问道，“他是？”

“呃……就是一个路过的人，幼猫灵耍调皮，附上了他的身。我打算把他带到父亲那里去。”

“哦。”

“姑姑，你是心脉受损，要调养一段时间……啊呀，这妹子身上的寒毒不轻。”

“是她替我挡了一刀……要辛苦你了，叶子。可惜日乌受了伤，不然我怎么也要亲自医治她的。”

“知道。”

“神树的状态怎么样？”

“很不安定。我本来担心这两天会出事，没想到今晚就——咦？那个人呢？”

白七奴重重咳了两下。“被一个不明身份的人带走了，好像是个外国佬。”

“那可怎么办？”

“暂时不用担心。那个人救下了我们，应该不是高罗的敌人。”

“这……”

“喵喵……喵喵喵？”

“放心，她不会有事的。”白叶低声说，目光坚定，却也疲惫。

【何魏】

三人一猫回到高罗村落时，天色已经放亮，各家各户房门紧闭，大概还没人早起。

白七奴的屋舍就是一座小药房，墙壁上悬挂着黑底菱片纹的药囊，散发着咸鱼气味的药叶晾在筛子上风干，两层床架叠在一起，堆满了药罐和大小不一的木格。

白叶把婉莹靠放在干草堆上，拿一床褥子捂着她的身体，白七奴在旁边的凳子上坐下，开始指示白叶抓药、称量、研磨，嗒嗒嗒嗒。何魏呆怔地看着。

他想，师妹大概是跟着黑熊进山，想要设法救他，不想意外救下这个老婆婆，自己却受了重伤。她从小就是这样，知道哪里发生了什么事一定要去瞧一眼，看见有谁在街上受了欺负就会仗义出手，惹出了祸也不长记性，还颇为一腔“英雄气概”骄傲，实际上她就是个缺心眼的小姑娘，很多时候光想着要去帮忙，连自己都顾不上照看……

白叶把药罐架在柴火上，然后拔出匕首。从刃尖上滑下来一尾半透明的鱼灵，往火里吐入了一点荧光，火焰渐变为蓝白色，不多时水汽滚滚，房间里弥漫起苦茶似的清香。

“走吧，我们去找我父亲。”白叶说，看到何魏站定不动，担忧地望着婉莹，她又说：“别担心，姑姑会照顾她的。先跟我走，我们得把你变回来。”

何魏只能听白叶的，跟着她走出房间。

村里还是很安静，听不见人走动的声音，也看不到生火的白烟，只间或有一两声狗吠。屋舍里都没什么人似的。

“吱呀”一声，前面一间茅屋的柴门旋开，屋里那人一看到白叶走近，连忙撤步。

“石头，都看到你了。”白叶冷冷道。

“嘿嘿，白叶妹子。”石头低头走出门，苦笑道，“早啊。”

“早什么早。”白叶没好气地说，“大雷呢？他昨天半夜跑哪去了？”

“啊、啊？不知道啊，昨晚一起喝了点酒，后来都没看见……”

“你就编吧。让他藏好一点，别让我抓到他，不然我拔光他的指甲！闯出来多大的祸自己不知道吗？要寻死自己去，别连累到大家——”

“行行，我知道了，我一定跟他说，一定。”石头招架不住地说。

白叶发完这一通火，走起路来健步如飞，何魏为了跟住，在她身后一路小跑。

白陆的屋子位于村庄最高处，临近玛那依山的山崖，往山下看，正下方就是那座雾气氤氲的山谷。走得越近，地面上的脚印越多越乱，到了屋舍门前，大量的脚印重重交叠在一起，好像曾有数百人在这里聚集。

白叶在门上敲了三下。

“进来。”

推门进屋，一个偌大的洞口暴露在眼前，往下婉转延伸的台阶上覆满树藤，通向一个极为幽深的地方。白陆长老盘坐在洞口旁边，闭目调息，十余尾水蓝色的透明鱼灵在他头顶上游动，摇头摆尾。

“爹！都让他看见了。”白叶惊叫道，她下意识一伸脚，想把何魏挡在门外。

“没关系。”白陆疲倦地说，“这孩子是绍郡的儿子，何魏。”

“什么！？他是何叔叔的……”

白陆睁开眼睛，目光和煦，光华内蕴，和昨天所见那个唯唯诺诺的老头子相比，完全是另一副形象。

“喵？你认得我？”

白陆点点头，“你的魂魄里有特别的印痕，所以你一到山上，我的卡路鱼就认出来了。”

“喵……喵喵喵？我爹是不是在这里？”何魏激动地问。

白陆垂目叹气，似乎抱有极大歉意。“他在山上，但是以他现在的状态，实在不适合见你……”

“爹，我正要跟你说这件事——”白叶急忙说道。

此时，忽然有突兀的枪响传来，粗暴地把村里的平静搅乱。

白陆立刻起身，两尾鱼灵应机潜入地面，像两只若隐若现的灯笼，迅速向门外游去。

“客人这么早就来了。”白陆沉着地说，“老人和孩子们都安置好了吗？”

“差不多了，阿泰他们还在那里帮忙。我已经去跟神树打过招呼了。”

“好。你带着何魏藏进密室吧，我去接待客人。”

白叶担心地说：“我跟你一起去吧。”

“别跟着凑热闹。”白陆正色道，“高罗年轻一辈里只有你稳得住，族里老小，还需要你照看。这是你的责任，明白没有？”

“是，爹……”

鱼灵凝聚成一脉细流，流进白陆腰间悬挂的铜盘，他整一整衣袖，然后拉开门，往村口走去，一步一步，步履沉重——脚下水汽弥漫，洗去路上所有的脚印。

【塞尚】

“人呢？”刘殷踢开一扇房门，里头也是桌椅床被俱在，就是不见人。

塞尚混在队伍里看着，心里暗暗佩服。高罗人居然动作这么快，一晚上就把村里所有人家全部撤走，只留下一间间空房。刘殷凌晨就命令二营两个连装备齐整，行军上山，满打算把高罗人吓个半死，现在却面对着这样一个人去屋空的尴尬场面。

是昨天日本小鬼惊动了他们？还是自己在什么地方露出破绽了呢？塞尚思虑着。不过他并不十分着急，因为他已经从日本人手里抢到了重要筹码。何况，中国人有句话说得好，“跑得了和尚跑不了庙”，如果随便哪里都可以困得住弟弟，高罗人也不会在玛那依山住这么久。他们肯定还藏在这里，依山傍林守着镜子。

这都是你留下来的遗产啊，玛那依。想起这个名字，塞尚心情变得复杂起来。

“妈的，给我挨家挨户搜。”刘殷暴躁地说，“我就不信一个人都找不出来。”

人是有的。塞尚用“琴弦”略略一扫，就找到了十几个人。他们是想要偷袭军队？这可不明智啊，除非，他们掌握了什么力量……

忽然“琴弦”吃痛回缩，好像被某种灵兽咬了一口。

当家的到了。塞尚抬眼看去，高罗人长老白陆正朝他们踱过来。

“刘营长，怎么一大早就来山上做客啊？”白陆客客气气地说，好像对面前百来支步枪视而不见。

刘殷按捺住怒气，反讥道：“客人都来了，主人倒跑了。你们这是唱的哪一出啊，白长老？空城计吗？”身后队伍里响起稀稀拉拉的笑声，颇为捧场。

“莫见怪，其实负责招待的年轻人已经准备好了。”白陆忽然断喝一声，声如洪钟：“王雷！出来！”

一时鸦雀无声。然后木扉敞开，从几间土房里走出来十几号高罗男青年，大都持刀拿枪，似乎做好了舍生取义的准备，但是被白陆叫出来之后却一个个低眉顺眼，仿佛做错了事的孩子。为首的是王雷，他蓬头垢面，明显一夜没睡，犹自凶恶地瞪视着刘殷，看到白陆拿眼瞧他，才倔强地转过脸去。

“就这么些人？其他人呢？”

“啊，其他人啊，都趁着太阳还没出来，下山采茶去了。”白陆笑道。

刘殷气得几乎跳起来。

“采——茶——？信你就有鬼了！”刘殷意识到自己口不择言，清清嗓子，又重拾官腔，“白长老，我对你们高罗人是一忍再忍，一再迁就啊。现在云南军民都在为抗日事业奉献牺牲、抛洒热血，有钱的出钱，有力的出力。高罗人呢？做过什么贡献没有？要征兵你们不肯，要开矿吧你们又百般推脱，卢司令都没骂过你们一句，我可是忍不下去了。”

刘殷越说越激动，状态都上来了。“怎么就不能为抗日大局着想一下呢？这是你们的责任和义务，知不知道？哼哼，我看啊，你们不是不知道，是假装不知。你们——”他用手指划过面前这一小拨高罗男人，“就是藏在云南地界上的亲日分子！”

所有人都被震住了，大约是没料到他会说出这种话。

刘殷得意地继续说道：“跟那些私贩收购土枪的，是不是你们？昨晚搞鬼袭击军营的，也是你们吧？我看你们是跟日本人勾结上，妄图从内部干扰集团军的后勤线，给越南日军可乘之机！那个词叫什么来着……里应外合！”

这个罪名要是坐实，高罗人可不只是搬个家就算了，而是要面临灭族之灾。

刘殷身边的副手都有点难为情起来，低声提醒道：“殷哥……不，营长，差不多行了……”

“啊？是吗？咳，总之你们马上去搜，不仅要把何兄弟找出来，还要注意，看有没有高罗人和日本人勾结的证据！”

“闭上你的狗嘴！”王雷怒吼道，活像炸了毛的狗熊，“你走近一步试试，我咬断你的——”

“大雷，我们不曾做过的事情，怕他能生造出来吗？刘营长，请便。”白陆冷冷道，看样子也是动了真火。

刘殷一看白陆这副坦荡做派，反倒又犹豫起来。要是真的什么也搜不出来，岂不是搞得自己没有台阶可下？

这时，一个戴着军帽的窈窕身影穿过队伍，凑到刘殷耳边说了些什么，刘殷听得连连点头，面有喜色。

塞尚警觉地把“琴弦”搭上那个人的后颈，随即瞳孔一缩。

居然是在车站偷袭他的那个小姑娘。没想到日本小鬼虽然被他逼退，却还在刘殷身边留了这么一手。

果然，刘殷马上转身面向队伍说道：“罢了，搜查这些空房也不太礼貌。弟兄们，我们还是回树林里去找一找吧，没有路的地方，我们就开出一条路来！一定要把何兄弟找到！”

此言一出，白陆等人的脸色同时剧变。神木林是他们的本根，刘殷这样做，是在把他们逼上绝境。

塞尚可不会任由日本人从中挑拨，他适时地站出来，朗声说道：“刘营长，没有必要这样做，我想到一个折中的办法。”

【何魏】

“喵喵喵，喵？”

“不要紧。姑姑的房间里也有一个入口，她会带你师妹躲进来的。”

他们沿着旋转的甬道不断往下走，树藤内的微弱光线指示着方向。

甬道过于坎坷低矮，时窄时宽，不像是由人力挖凿的，倒像是树藤和树根在玛那依山的内部硬生生撕扯出的一道裂口。

他们来到一处平缓的岔路口，白叶在微光中指着右手边往更深处去的路，说：“再往下走就到山谷了，我们在这边过道里躲一躲就行。”

左边这条甬道倒很适宜行走，不知通向哪里。岩壁上没有攀附任何树藤，所以看不到光，但是这里却有其他会发光的东西，一看到白叶走过来，它们——猫灵们就从左右墙壁上的石龛冒出来，蠢蠢欲动。

“嘘！”白叶做了个严厉的手势，它们才稍稍安分些，攀回石龛里的瓦猫身上。这些瓦猫通体漆黑，但是躯壳内外发出流动的暖光，仿佛从原石中挣出的玉胎，它们样貌各异，比树洞里那些小瓦猫明显要成熟许多，或凶恶或天真，或伶俐或敦厚，有些猫口巨大，尖牙多如锯齿，嘴里包风，而有些则是前肢修长，矫健灵动，随时都可以跃出来似的。不过这样看来，无论瓦猫们的性格有多么恶劣顽皮，白叶都管得住它们。

一人一猫贴墙坐下，一时无话。

“爹跟我说起过你。”白叶说。

“喵？”

“说你在高罗出生，吃百家奶长大……我小时候说不定还见过你嘞。”

何魏沉默不语。

白叶顿一顿，又说：“你爹……是个了不起的人。他为高罗做了很多事情，没有他，我们过去十多年是撑不下来的……”

“喵……”

“为什么说这些？我也不知道……其实我只是想跟你说，你爹他——”

一尾鱼灵突然游进甬道，让他们吓了一跳，它却自顾自向前游去，消失在甬道尽头。

“难道……”白叶喃喃自语。

紧接着，从上方的甬道里传来脚步声，有人正在走下来，而且明显不只一人。

“糟了！”白叶一把捞起何魏，迅速向甬道另一边跑去。

尽头处是一扇关闭的石门，样式古朴，雕刻着风景和人物，好像在讲述一个故事，不过何魏来不及细看——白叶把他往门边的石龛里一塞，然后自己也挤进去了。

这个石龛是空的，白叶推一推何魏，让他模仿其他石龛里的石猫，摆出一个姿势。

“喵……喵？”

“嘘，让你做你就照做嘛。”白叶还往何魏身上扑尘土，试图把他彻底伪装成一只石猫，差点呛得他剧烈咳嗽。

甬道被火光照亮，从那头走过来三个人：手持火把的白陆、塞尚以及刘殷。

为什么白陆要把他们带进来？

刘殷紧张地左顾右盼，似乎被众多面相狰狞的石猫吓着了，也幸亏如此，他愣是没看见何魏这只真猫。

“这些石雕怎么这么瘆人？”

“都是高罗先祖留下来的古老艺术，让刘营长见笑了。”白陆泰然道，伸手将石门推开。门上雕刻着的景象暂时被火光照亮——一位猫脸女子双手分别捧着太阳和种子送入山脉底部——又没入到阴影里。

塞尚发出赞叹的声音，抢先走进门去。

三人都进门之后，何魏忍不住跳下石龛，蹑到石门后面偷看。

门里是一间宽敞的斗室，除了一尊石碑，空无一物。

石碑呈方形，顶部成一个拱，边缘有一些几乎被磨平的流云纹，它的材质贴近玉，有一种内敛的凝脂感。整面石碑像一块无字墓碑，也像巨大的砚台，黑沉如墨，越往里看越能看进去，仿佛里面可以盛住一方宇宙。三个人的轮廓映在石碑里头，淡淡的，看不清脸，光和影似乎都被收在底下压着。

刘殷盯着那尊漆黑如墨的石碑，狐疑地问道：“这就是那面石镜？你没骗我吧？”

“不信？请看。”白陆轻轻一拍手。

霎时间，黑色光华溢出斗室，火把被急风吹灭。不可思议的是，石碑的光芒竟然从最黑暗处亮起，以自身之漆黑照亮了更加深邃无底的幽暗，它像是虚空中一张贪婪的嘴，野蛮地吮吸着，要把诸天神鬼都吸入口中，乃至把这块石碑也咽下去，连同虚空本身一起嚼碎。

何魏的魂魄差点脱身而去，白叶从背后猛地搂住他，她的鱼灵围绕他们圈出一个光环，摇摇欲坠，勉强保护着他们。

刘殷的运气就比较差，他的魂魄（烟雾似的灰白色）高高飞起，丢下肉身，向石碑投去，几乎就要被一口吃掉。

一根金线在最后一刻拖拽住刘殷，抵抗石碑的吸力，让他悬停在魂飞魄散的边缘。

急风停止了。

“唔？”石碑变得光洁剔透，展露出镜子的质地，从镜子里传出一个沙哑而破碎的声音。“这是谁……好熟悉的光啊……”

塞尚稳稳地站在原地，细密繁多的金线在他身后摇曳着，如同河中水草。

“是我啊，弟弟。”

第九章

斗法

11 月 9 日，玛那依山，波斯镜秘室。

白陆的右手迅速往腰间摸去，按住一块扁圆的铁牌。近百年过去，“四水神”的面目已经不复清晰：他的手指抚过铁牌上的青蛙、螃蟹和两只背对背的白鹇鸟，摸到一小块条状凸起，首尾两端一大一小，其中一端有一道分叉。那是一尾小鱼。

此时小鱼的眼睛亮了一亮，那些将将要磨光的鳞片又浮现在它的脊背上。它从铁牌里跃出，弯曲腹部，释放弹性，拍打空中看不见的浪头，把自己送往高处。每一次跳跃都让它膨胀一点，到它向下落时，已经有五六岁女孩那般大小，轻盈透亮，像一幅发光的剪纸，也像银线织成的一弯弧月。它落到地面里，融化于阴影，倏忽分化成十一尾银鱼，像雨滴坠入池塘，激起一波波涟漪，空气中的波纹连绵不断，扩散到斗室的角角落落。

波澜跌宕，水汽狂飙。

白陆意识到局面之危险，催发灵力，全力出手，务求在最短时间里制服敌人。十一只鱼灵互相衔住尾巴，连成一条“水龙”，席卷着汹涌的水浪向塞尚当头打下！

塞尚站定不动，身后的金线绕身盘结，攒集成一团向日葵似的花簇，水浪抽打在上面，顿时被蒸发成水汽。然而“水龙”屈身旋转，马上又将狂飙的水汽吸附到身边，重新凝聚成水浪，循环反复，不断发出轰击。塞尚虽然有金线护住身体，如此一来也被鱼灵的攻势压制住，寸步难行。

“鱼灵”和“金线”并非实体，然而它们对峙造成的余波直接震动着何魏的魂魄，让他不仅无法思考，还必须苦苦维持清醒的意识。他虽然已经见识过熊变人、人变猫，但还是头一次目睹这种级别的通灵术比斗。

“不愧是玛那依的后代。”塞尚仍有余暇赞叹道，“驾驭水灵的手段非常高明。”

“倒是你啊……哥哥……比过去弱了不少啊……”镜中人惫懒地说，似乎是觉得眼前的场面非常无趣。

塞尚啼笑皆非，“居然被你这么说。那哥哥只能露一手了。”

光芒暴涨，金线如灵蛇一般窜出，异常灵敏地在水浪的缝隙中穿梭游走，形成缭乱复杂的光弧。水浪平息了，一根金线捆住一只鱼灵，十一只鱼灵全部被牢牢按住，无法动弹。

白陆双手颤抖，难以置信。他本已高估敌人的力量，没想到差距如此之大。难道已经到了要动用阵法的时候了……

白叶忽然跃过何魏，跳入斗室。银匕首上的鱼灵俯冲而出，撕咬着其中一根金线，而白叶自己则欺近塞尚身边，挥动匕首朝他刺击。塞尚似是早已知晓白叶藏在附近，不慌不忙侧身避开，金线温柔地撩开刃尖，在触手可及的距离内，塞尚面对白叶微微一笑，眼中异芒闪动。白叶看到他的笑容，没来由地感到心里一空，旋即转化为一种羞怒。

金线回缩，鱼灵们恢复自由，游回白陆身边。光芒黯淡了些，石镜中的幽光一时将斗室映成墨绿，刘殷的魂魄还飘在空中，不过无人有暇理会便是了。

“你是谁？”白陆沉声问道。

“你们守了他两千年，他就没有提起过我吗？”塞尚微笑道，“我是这个镜中囚徒的哥哥，货真价实。”

“怎么可能呢？”白叶震惊地说，“难道石镜里原本有一对邪灵？”

“哈哈哈哈。”塞尚大笑起来，仿佛听到了无比荒诞之事，“弟弟，听到没有，他们以为我是从镜子里逃出来的呢，是不是非常可笑？”

“你笑得太夸张了……唉，我很失望……你的灵魂还像以前一样卑微……那卑微的、戏剧性的、人的灵魂……”

“轮得到你来批评我吗，你这肮脏的、无情的、连灵魂都算不上的——”塞尚毫无风度地和一面镜子对骂。

作为局外人的何魏基本上是听糊涂了，只是感觉得到这两人——法国人和镜中人的关系非常微妙。他们到底是什么来历？

“如果你不是来自于镜中，那你们怎么会是兄弟呢？”白叶忍不住问道，同时回避着塞尚的注视。

“哈，我猜，玛那依没有把完整的故事告诉你们。”塞尚说。

白陆说：“玛那依？……你指的是我们高罗人的祖先，鱼娘？”

“不错，两千多年以前，我们三个人还是——”

“为什么？”镜中人冷漠地打断道，“为什么对他们说那些事……说到底，那只是我们之间的……不值得被庸人的耳朵听见……”

塞尚沉吟时许，点头道：“你说得对，往事如何已经不值一提。重要的是，我终于找到你了。”

白叶下意识握紧了匕首。这个人打算就这样把石镜带走吗？看守住这面镜子，并阻绝它惑乱众生、酿成灾难，是高罗人一脉传承千年的使命，无论为此承受任何苦难，他们都绝无理由放弃……白叶看向父亲，和他对视了一眼。

“找到……又怎样呢……你无法把我带走……”

塞尚冷笑道：“不要小看我，弟弟。”

“哦……你别忘了，没有哪一具凡人的肉身可以承受住我衰老的灵魂……”镜中人语气戏谑，“或者……你是要屈尊把我背走？”

“开什么玩笑。我已经给你准备好‘容器’了。”塞尚说道，漫不经心地向石门扫了一眼。

刹那间，作为一只猫的何魏产生了一种错觉：塞尚刚才是在看他。为什么？

白陆左移两步，挡在塞尚和石门之间，白叶用防备的姿势退到旁边。

塞尚语带怜悯地说：“你们阻止不了我。”

“尽力而为罢了。”白陆决绝地说，“叶子，列阵！”

白叶收回匕首，双手捏诀，双眼迅速变成血红色。

甬道里传来震耳欲聋的呼啸声。一只又一只猫灵从石猫中蹦出来，飞掠过何魏头顶，悬停在白陆身边，冲着塞尚咆哮威吓。粗略数一下，竟有上百只，一下子将斗室挤得满满当当。

“猫灵？”塞尚失笑道，“又是玛那依的遗产。”

白陆长吸一口气，鱼灵们如涓涓细流被他一气吸入腹中，通体荧光流动，骨骼内脏居然都清晰可见。

“附灵术！”塞尚终于变了脸色，似是没想到白陆如此果敢。

猫灵们纷纷溃散成五颜六色的烟气，聚拢在白陆手上，对白陆矮小的身躯来说过于巨大，但白陆仍然飞快地舞动蓝色的手指，为它捏制出一个形状。一张大嘴在他手上转瞬成形，模样滑稽，像一只丢掉了身体的猫。

一根金线高举过塞尚的头顶，向前鞭击，疾如光电。“猫嘴”一合，金线飞退，却已被从中咬断。

塞尚点头道：“厉害。那这样呢？”众多金线陡然变粗了三四倍，集束成一道刺眼的金色激流，轰然向白陆撞去。“猫嘴”大张，生生将激流吞入口中。

一来一往，轰鸣声不绝于耳，几乎要把斗室掀开。白叶和何魏一同沐浴在从“猫嘴”里喷溅而出的金色光点中，如同置身于飓风之眼。

激流澎湃不息，猫嘴则是来者不拒。两方旗鼓相当，不是在比拼灵力，而是在较量意志。“这才有趣……”在轰鸣声中，镜中人清晰地说道。

塞尚先撑不住了。激流崩散，光芒收敛。他后退出几步，双腿发抖，金线挂在肩上，不成气候的样子。

“哥哥……你太弱了……”

塞尚苦笑道：“你倒是试试看。”

白陆也已站立不稳，他强撑着说道：“我知道，你留手了……滚吧，离开玛那依山，不然我拼了这条命也要——咳咳咳。”

“爹！”白叶赶紧走过去扶他。

“这种骨气倒是令人怀念啊……好吧，我放弃了，恰好我不是一个过分执着的蠢人。”

镜中人不快地说：“你就这么放弃了……我很失望……”

“怎么？”塞尚说，“想让我们打个你死我活，方便你吸取灵气吗？”

“……怎么会……我现在虚弱得很……你看，我连游魂都吃不动呢。”

经它提醒，何魏才发现，刘殷那无人理睬的魂魄已经飘到了角落上，很容易被忽视掉。

“对了，这个人我要完完整整地带走，没有问题吧？”塞尚胸有成竹地说，“既然你们放我走了，不放刘营长一起回去的话，我可是解释不清啊。”

【塞尚】

刘殷的副手看到塞尚架着刘殷从土房里走出来，表情可谓是悲喜交加。

在刘殷想要逼高罗人造反的时候，塞尚跳出来做和事佬，提出了这样一个建议："高罗人可以献出珍贵的波斯石镜来贴补军费。"刘殷大为动心：勒索这件传说中的镜子本就是他对高罗人施压的目的之一，现在能拿到的话，还赶得上龙主席的寿辰呢。白长老欣然允诺，于是二人跟着白长老去了，没想到迟迟不归。

副手慌张起来，满心以为上司已经遇害了，但是随即联想到自己升迁的可能性，又变得情绪激动、干劲十足，于是果断执行营长遗留下的命令："不仅要把何兄弟找出来，还要注意，看有没有高罗人和日本人勾结的证据！"

"王雷等十余人企图顽抗到底，被我们缴下武器，押送回军营了。"副手如此这般解释道，眼神游移不定。

看他这副心虚的样子，塞尚大致上能猜到，肯定是刘殷离开前悄悄布置过，让他一有机会就把王雷等人制服。最能闹事的都落到军队手里了，高罗人想抵抗都打不起来。

白叶着急道："你们营长这不是好好的吗？快回去把大雷他们放了。"

"这、这，我得问一下营长……营长，你看，放还是不放？"

刘殷魂魄刚刚归位，精神恍惚着呢，只是流着口水迷迷糊糊地说："嗯……放……别放下……"他的手下们面面相觑，不解其意。

"其实只是个误会。"塞尚说，"这样吧，下山以后我一定提醒刘营长，务必要释放他们。"

白陆凝视着他，缓缓道："那就拜托你了，塞尚先生。"

塞尚微微颔首，表示自己领会到他的意思了。塞尚用“琴弦”察知过王雷的身体，知道弟弟给他置入了一个兽魂，把他放在军营就像留着一个定时炸弹，对他们全无好处。

【何魏】

塞尚等人走下山不久，白陆就撑不住了，几乎要靠白叶搀抱着，他才能走进房里在床上躺下。他全身都在大量出汗，就像脱水一样，手臂上的皮肤隐隐冒出银白色的鱼鳞。

“喵喵……”

白叶擦拭去眼泪，低声说：“是附灵术的后遗症……猫灵们的‘吸金之阵’一贯都需要爹和姑姑一起驾驭的，父亲为了强行发动阵法，不惜和鱼灵融合，灵力消耗过度，就……”

白陆用湿透的手握住白叶的手腕，示意让她不要担心。他说话已经十分困难，呼吸的时候口腔里不断发出水泡破裂的声音。

“给……”白陆勉力拿起铜牌，放在白叶手里，“用它把……何魏……”

“知道了。”

白陆转向何魏，两眼水汪汪的，看不出来是水还是泪了。“何魏……”

何魏点点头，表示自己听着呢。

“下山……高罗不行了……不要卷进来……和你爹……”白陆剧烈咳嗽起来，嘴角溢出带着血丝的水。这就是高罗人的宿命了？为了守护某样他们所畏惧的事物去死？何魏既觉得难受，又觉得空茫。白长老舍去的命，父亲曾经做过的事，到底都有什么意义呢……

“走吧。”白叶凝神看了父亲一会儿，对何魏轻声说道。

一人一猫走进声息全无的村子，路上有被摔出来的凳子和铁盆，路边有被踢坏的木门，看上去已然是一副荒芜模样。

“姐姐，这里。”婉莹站在白七奴的屋子前冲他们招手，居然已经可以活动自如了。

“姑姑呢？”白叶问。

“啊，你说婆婆吗？在里面躺着呢……刚才让我帮忙煎药来着。”

“欸？”白叶惊奇道，“这个耳环是……”

“啊，是婆婆给我的。”婉莹拨了拨右耳上的银环，“她说我的什么寒毒没有褪尽，把这个戴在耳朵上会好很多。哇，这只猫是哪里来的？”

“喵喵！不要摆弄我，我是你师哥啊。”

“别弄它，它可是你师哥。”白叶帮他说道。

“啥！？”

白叶没有心思多说，只解释几句，婉莹犹自不信，但却抱着何魏不肯放下来了。他们走进门，白七奴半坐起来，忧心地问道：

“发生了什么事？我在下面都听到动静了。”

“爹发动阵法了……”

“啊？为什么！？”

白叶略略地把刚才在斗室里发生的事说了一遍。听到法国人塞尚居然是个通灵者，婉莹不由惊呼出声，她已经见过白七奴和苏沃和尚的斗法，知道通灵术有多么玄奇。

“真没想到……”白七奴叹道，“照你说的来看，即使我和大哥联手，也不是那个人的对手……难道，我们高罗真的气数已尽了？”

“……大雷被他们带走了，不知道什么时候能回来。”

白七奴用哀其不争的语气说：“管他做什么，那个不孝子！打仗，我们哪里有底子打仗……把他爹和表哥的教训都忘光了，一意孤行，根本不把全族的安危放在心上。”

白叶沉默不语。白七奴抬眼看了她一下，缓声道：“姑姑不是有意要提到你哥的……”

“知道。”白叶起身道，“你去看着爹吧，姑姑。我得给这个人祛灵，然后再送他们两个下山。”

“好。”

【何魏】

用来祛灵的工具是一只乌黑油亮的水烟筒。白叶坐到小竹凳上，既没有注水，也没有拿什么烟丝，就把烟筒罩住嘴巴凭空吸起烟来。鱼灵从白叶的匕首上跳下来，扭动着尾巴钻进点烟丝的小铜管里，没过多久，烟筒里就溢出了凝而不散的蓝烟。

简直跟变戏法一样。

水烟筒“咕噜咕噜”地响。咕噜咕噜，咕噜咕噜……

白叶极细极长地吐出一口烟：源源不绝的蓝色烟气在空中翻卷，舒展，像鱼钩一般幽幽地勾住何魏的鼻子，伸入他的五脏六腑。那种感觉很是奇异，有一会儿内脏好像融化到了一处，蓝烟在他的血管旁边来回游动，驱赶着调皮的猫灵，身体像肉冻一样颤颤巍巍，不听使唤。

从黏稠的白日梦中醒来之后，何魏发现自己也并没有恢复人形，好像只是稍微变大了一些。白叶面色疲倦地说：“身体全部变回来需要时间，这个过程会越来越痛苦，你自己要小心些。”

“喵喵。谢谢。”

“不客气。”

白叶送他们师兄妹下山，走出林中小路的时候，白叶把何魏叫住。

“回去以后，提防着塞尚。还有……可以的话，帮高罗人说句话吧。刘殷这人很势利，是你说的，说不定还有些用。”

“喵。我会尽量帮忙的。”

“谢谢。死在山上，总比死在泥里要好些。”

何魏觉得自己被她这句话划了一道口子。他琢磨着她眼神里的意味，再回头看时，她已经隐没在树林里，树叶发出的喧哗掩盖住所有生灵的呼吸声和低语声。

婉莹一路走着，一路都在仔细地审视着他这只猫科动物。在她的注目下，何魏的心情很快就变得沮丧而厌烦起来。

“你真的是我师哥吗？”她忍不住问道。

“喵，喵！当然是，别再问了！”

“你是在回答我吗？可是，我也听不懂你在说什么啊。”

“喵喵喵？那你还问我做什么？”

“师哥，人是怎么变成猫的呢？”

“喵。我怎么知道。”

“真是奇妙……人本来也是动物嘛，对不对？为什么变成其他动物，看着会这么特别呢？”

何魏一愣。为什么呢？人和动物的区别确实不小……或许，动物就是最先被推出人群的那些人吧。

“对了！”婉莹惊叫一声，“我忘记把我见到何叔叔的事情跟你说了。”

“喵！？什么！？”

婉莹把她怎么在山上追踪黑熊、攀上岩壁见到何绍郡、而后目睹白七奴和苏沃和尚比斗的事情一一道来。

何魏听完脑中一片空白，下意识转身就要往山上走，被婉莹一把抱起。

“你干吗啊？人家白叶姐都说了，让我们别回去了。”

何魏激烈地挣扎着。“喵喵喵！我怎么也得跟她问个清楚！喵喵喵喵！凭什么把父亲关在这里都不告诉我！”

“再说，何叔叔已经被一个人救走了啊，我只记得那个人的头发是金色的，看着倒很眼熟。”

……是塞尚，一定是他！他想对高罗人看守的石镜图谋不轨，可为什么要找上父亲呢？他的目的是什么？一想到法国人那奇诡莫测的能力，何魏又感到绝望和颓丧。他要怎么从那样的人手里把父亲救回来？又能上哪里去找他呢？

然而，何魏最想知道的还是，白叶为什么不把父亲的事告诉他？

11 月 9 日，碧色寨，新编第一集团军第五旅第二营营地。

走进营地时，后勤兵们正在起灶做饭，热腾腾的气雾飘过草场和营地，混杂着从士兵们口鼻里喷出的白烟。

有一个刘殷的副手背靠着围栏抽得正过瘾，一看邹婉莹走过来，挣了一挣，半天才站起来，不好意思地说：“邹小姐，你从哪里回来的？我去跟营长通报一声？”

婉莹知道王雷等人被押回军营，有心要去看看，于是说：“不必了，我自己去找他就行。”

“欸……欸，那好。”副手又舒舒服服地坐回去了，对何魏也没有多瞧一眼。

刘殷的营房位于养牛场东北角，倒不是因为他喜欢僻静，而是这里离碧色寨镇上最近，如果想偷溜去喝酒，这个位置是最好的。

婉莹走过去敲了敲门。里头没有回应，不知刘殷在不在。

何魏耳朵一动，听到了后门处有窸窸窣窣的声音，他绕过去一看，竟然看到一个意想不到的人：是在车站参与刺杀塞尚的那个小女孩。

她披着一件过于宽大的衬衫，头上压着军帽，看到何魏走过来，她微笑着冲他作出一个“嘘”的手势。这时候她的神态全无杀气，真像是一个普通的小女孩。

她向左右看看，悄悄地向镇上走去。她为什么会出现在刘殷的房间里？

何魏也没有跟师妹打招呼，就跟着她走了。他本没有决定要跟踪她，但是她对他（这只猫）毫无戒心，让何魏觉得这是一个难得的机会。或许，她还可以帮助他接近塞尚，是不是？

有他在身后跟着，小女孩似乎还挺高兴。她从路边采了几束野草野花，扎成一个环在手里抛着玩，玩腻了就把花环往何魏头上一套，他还不敢摘掉；到了镇上，她在衣饰店站了一会儿，又在路边买了个糕饼，分给他一点吃。一人一猫像来旅游似的，在街上闲逛，走得何魏膝盖发痛。他甚至产生了一种错觉：他大概认错了，这小姑娘可能单纯就是刘殷的侄女之类……

忽然有一人蹲在街角冲小女孩招招手，穿着破烂，形容猥琐。是那个长着鹰钩鼻的“脚夫”。

两人靠拢在一处，“脚夫”作出向小女孩乞讨的可怜姿势，嘴里却低声说着不相干的秘密事情，何魏窝在小女孩脚边听着。

“你那边怎么样？”

“没问题。他们和高罗人肯定要打起来，势在必行。”小女孩小口嚼着饼皮说道，“那个法国人虽然失手了，却莫名其妙帮了我们一个忙。”

何魏耳朵竖起。“法国人”应该是指塞尚了。

“他有没有发现你？”

“有可能，我在军营都尽量躲着他。”

“别怕，小茱。”鹰钩鼻蛮有把握地说，“黑马说过，通灵者对没有灵体附身的人感知很弱。而且你只要一变老，他肯定认不出你。”

“嗯，但愿吧……黑眼他们找到那个男人没有？”

“没有呢，法国人把他藏得很严实。你在军营里，还是要注意他儿子的动向。我们可能还用得着他。”

“好。”

两人观察了一下周边情况，起身向郊外走去。

何魏跟踪了一会儿，就觉得自己不对劲了：不只膝盖，全身的骨头都在烈烈灼烧，像刺针一样搅动着筋肉，他能感觉得到自己变得越来越臃肿、胀大。他正在被重新“编织”成一个人。

这个过程非常痛苦，他只能强撑着、踉跄地跟在后面。说不定他会变得跟老虎一般大，那时再偷偷跟踪就太可笑了……

鹰钩鼻和小女孩“小茱”走到了路边一座荒庙里，一个没有眉毛的壮汉和一个头上缠着布条的瞎子在厅堂里面对面坐着，正朝中间的大锅轮流下筷子。

“队长呢？”鹰钩鼻皱眉道。

“出去了。轮到他，去盯梢，法国佬。”瞎子含糊道。

无眉壮汉忽然仰起头，努着鼻子仔细闻了一闻，“你们俩很不小心啊，就这样被跟踪了。”

“你乱说什么？”小茱不高兴地说，“我们可都是反跟踪的行家。”

“是吗？俺可是闻到了一个附灵者，喏，就躺在门口。”

他们转过头去，只看见一只黄皮大猫卧在门外，一副昏昏欲睡的样子。

第十章 起义

11 月 9 日，碧色寨，新编第一集团军第五旅第二营营地。

【邹婉莹】

一不留神就把师哥看丢了。婉莹绕着营地前后、草场周围找了一圈，连声呼唤。

副手听到她的声音，热心地凑过来询问，看能不能帮忙，婉莹用手向他比画出师哥的身长。

“啥，你师哥才这么点大……”

婉莹想起还要跟这个人解释一番，觉得太过麻烦。要不还是先去找刘殷，问一问释放王雷等人的事情。

“你们刘营长在哪儿呢？”

“他呀，在仓房里审问奸细呢。”

“奸细？哪里来的？”

“不是从山上押下来那几个嘛，落到殷哥手里，那真是好福气。”

婉莹匆匆忙忙赶到仓房。仓房大门紧闭，还有士兵持枪守卫。婉莹瞄了瞄仓房的高度，从侧面潜过去，爬上了仓房的顶棚。

隔着房梁，婉莹看到仓房被分隔成三个部分：在靠近大门的位置，有一拨人聚在那里拿酒碗掷骰子，轻声细语，不敢喧哗似的；中间围成牢房，把十几个高罗男人和废旧机械关在一起，看着怪吓人的（虽然也不至于用得上）；在仓房深处，光线相对昏暗，一个男人被绑在木桩上，刘殷坐在对面，捋着一根藤草，喋喋不休着。

婉莹踩着房梁，催动“轻”字诀靠近。

“……知道我们在北方是怎么对付俘虏的吗？”刘殷语带挑衅地说，“随便找一根疙瘩藤子，抹上泡好的辣椒水，这么一下——啧啧。”

“你倒是试试，别光用嘴说。”那个男人怒斥道。是王雷，他的身上已落下不少伤痕，上衣血迹斑斑。

“要是真有辣椒水，我让你尝个够——”

“就你那点力气，我哼一声跟你姓——”

刘殷陪王雷这么骂来骂去，但好像没什么要动手的意思。

“抽你还算便宜你了。”刘殷怪笑道，“真要耍狠，就要狠到让你怕我！”

刘殷摸出一把小刀，阴森森地比画着，目光尽瞄着王雷的下三路。

“你想干吗？”

“我既然答应了你们长老要放你们回去，不能言而无信。不过送你走之前，我总要留下你一点东西，权当作利息吧。”他拿刀起身，缓缓靠过去。

“你——”王雷气得瞠目结舌，青筋毕露。刘殷的手已经摸到了他的腰带。

“砰”。

刘殷两眼翻白，软倒在地。

是婉莹看不下去了，忍不住跳下来，一掌劈中刘殷后颈。

“怎么是你？”王雷吃惊道，头上满是大汗，大概也是觉得后怕。

婉莹脸上发红，说道：“这人也太……怎的还要脱人裤子。”

“那你又来做什么？”

“……本来我只是来看一眼。”婉莹认真地说，“在玛那依山上，你娘救了我，我想着，我怎么也要帮她把你给救出军营的。”

王雷瞪视着她，说不出话来。

“你不信？看这个。”婉莹触碰耳朵上的银环，“这是你娘借给我的。”

王雷低下头说：“我不认得这是什么。你要是打算放我走，就给我把绳子解开。”

这人倒是颇不客气。婉莹拾起小刀，把麻绳割断。王雷一被松绑，揉揉手臂，立即朝仓房中段走去。

婉莹急忙拦住他：“你要去哪？”

“我的弟兄们都被关在这里，我要带他们一起走。”

婉莹没有想到这一层，但是“要是惊动了别人怎么办？你们岂不是谁都走不掉？”

“那也比一个人跑掉有种。”王雷拨开她的手走了过去。关在牢房里的人看到王雷走出来，一个个喜出望外，那个名叫石头的壮汉，冷静地朝桌上指了指：牢房的钥匙就搁在那里。

婉莹无法，只能走到前边给他们望风。

“雷哥，这是怎么——”石头问道。

“别多说话，我们还在虎穴里头呢。”王雷低声说道，“跟我走，我们先把刘殷那王八蛋绑回去。”

婉莹一听彻底急了：“这样做有什么意义呢？”

王雷说：“高罗人的麻烦都是这个人惹出来的，把他带回去，让军队有忌惮。”

“这……你把他绑去，不是正给了他们开战的借口吗？”

“他们总不能连一个营长都不当回事——”

“吵什么呢！”一个士兵推开隔门，不耐烦地呵斥道，然后目光才和高罗众人对视上，顿时瞪直了眼。

婉莹一脚将隔门踢上。

“快走！”

众人赶忙向仓房深处逃去，石头顺手把昏迷的刘殷扛在肩上。

“那边没路走！”婉莹在后面喊道。

“我来开路！”王雷低吼道。他的身体迅速膨胀，毛发漫下，面孔扭曲变形，就在婉莹眼前变成了一只黑熊。

原来是你，婉莹吃惊地想。

王雷一沉肩，轰然将仓房的墙壁撞塌，其他高罗人见怪不怪似的，从他身边跑过去。

仓房里闹出的动静，已经惊动了外面的守卫，有士官正在紧急集结兵力，试图封堵逃犯。他们不得不沿着草场边缘奔跑，不多时就响起了枪声，子弹打在地上弹起，落点越来越接近他们的逃跑路线。

婉莹跑了一段路，一股子寒气从后背渗到胸口，不禁呻吟出声，脸色煞白。她的寒毒没有褪净，本应该更安分些。王雷跑在众人后面，不时替他们挡挡流弹，看到婉莹捂着胸口，不由分说把她搂住往怀里一塞。婉莹晕乎乎地躺靠在大熊糙厚的毛皮上，被野性的体温烘烤得浑身发软。

眼看他们已经接近树林，忽听“砰”一声巨响，泥土石块高高溅起，烟尘弥漫，炸得婉莹耳中嗡嗡直响。霎时间已经有四五个人躺在地上，生死不知。

是地雷。刘殷怕山上再有什么猛兽前来袭营，吩咐手下埋了几枚小型雷在这里，没想到却炸到了逃狱的高罗人。

“大根！阿吕！”石头声嘶力竭地喊道，他趋前两步，突然双膝跪地——飞溅的碎弹片射进了他的大腿和胸膛。刘殷被一把摔在了地上，悠悠醒转。

王雷愤怒又绝望地咆哮着。刘殷看到这头“老相识”，忙不迭爬起来逃走，王雷想去追他，却被集射的火力逼退。

被地雷阻了一阻，他们只能绕远路进树林，子弹毫不吝啬地落下来，钻进王雷的毛皮。高罗人拼了命逃跑，脚下踩着自己的血，不为自己，也要为身边的弟兄多挡一颗子弹，场面无比惨烈。

“停！停火！”刘殷在后面高喊道，“别都给我打死了，留下个活的——”

婉莹的感觉似乎彻底麻木了。为什么事情会变成这个样子？为什么一定要有人开枪、有人流血、有人去死呢？这么多人……这么多生命，就这样破碎了，泄漏掉，没有意义地腐烂了……

王雷身上背着婉莹，一只熊掌还搂着石头，在树林里蹒跚地跑着。在他身边，只剩下三个负伤的弟兄，他们因为那些死者而活下来，所以他们都是无望的、得不到原谅的背叛者。

不知不觉间，王雷几乎就要恢复人的形状，但他还在顽固地挪动着脚，仿佛决意要把兄弟一直送回家里。石头的体重终于把他拖倒在地，他头抵着大地，用熊的低沉声音痛哭出来，身上的孔洞流出黑色的血。

婉莹一边帮他扶住石头的尸身，一边抚摩着大熊低垂的脑袋，跟着流下了眼泪，感受到一种无法分担的、共同的悲戚。

【何魏】

何魏还能听到他们的声音，不过他已经疼得动不了了。

手指正在拉长，抠进土壤。他可能是赤身裸体的，何魏尴尬地想。

“妈的，没有防到这一手……”鹰钩鼻骂道，“居然派一只猫来。”

“很有趣。”瞎子评价道。

“你们不会俺的通灵术嘛。”无眉壮汉说。

“可是，他为什么怪模怪样的。”小茱说。

“被迫解除了附灵术吧，俺也不知道为什么。”

“这个男人，看上去很眼熟啊，我们在哪里见过吗？”

“让我瞧瞧。”

有个人走了过来，用脚一踹，让他翻了个身。

“……哎哟，是他！”

“谁？”

“是我的朋友，何魏。”一个不同的声音插入进来。是塞尚的声音。

“是……是……你……”

“黑目，你干吗怕成这样，有点出息行不行！”鹰钩鼻喝道。

“……你不怕嘛，黑手。”

“怕什么，黑马你上！”

“不成，俺打不过他。”

“……”

塞尚和气地说：“不要误会。虽然你们刺杀我不下十次，但是我没有理由主动找你们麻烦。”

“你是什么意思？”小茱问。

“你们的情报非常准确，但是缺少可靠的通灵术大师，如果早一点知道你们‘神龛’组织想得到那面镜子，我可以代表神智学会和你们合作，而不是像现在这样针锋相对，互相干扰。”

“……那又如何，说到底，镜子只有一面，难道还能对半分？”

“啊，你说得对，某种意义上来说，确实可以分成你们一半，我一半。”

“你说什么？”

“把我的提议转告你们的队长吧。这位朋友，我就带走了。”

【白叶】

王雷和三个弟兄轮流背着石头的尸体，婉莹只能勉强出一点力，爬到村里时，几个人都是油尽灯枯的状态。

白叶看到他们走进村，震惊得面无人色，立即召唤鱼灵为他们止血疗愈，然后拜托婉莹去找白七奴帮忙。王雷伤得最重，但他的意志却最为坚硬炽热，仿佛血流干之后，已没有液体可以抑制他灵魂里的火焰了。

白七奴一看到这个场面，就啪啪甩了王雷两记耳光，喘口气，再狠狠抽了他一记。王雷嘴角流血，一声不吭。

“姑姑……”白叶想要劝她，但是自己也难过得不知从何劝起。

“……打吧。”

“你跟你爹一样，迷信镜子白送给你们的力量……你睁开眼看看，你做了什么事？得到了什么结果？”

王雷双眼如炙，犹如两粒炭火，“我们还能拿什么去抗争？靠你和舅舅两个老人吗？我们只有那面镜子，那是鱼娘留给高罗人的武器！”

“那是武器？那是诅咒啊！是挥向敌人的同时，也毁灭我们自己的刀刃。”

“不出声音地苟活着，那不是人，而是蝼蚁。”王雷肃然站起，眼中光焰迸发，仿佛已入魔道，“在抗争中毁灭，才是高罗人应得的最后的荣光。”

他自顾自向药房方向走去，白叶急道：“你要去哪儿？”

“去山谷。”王雷头也不回地说。

“你别想走，我不能让你去煽动族人。已经死去够多年轻人了——”

“所以，他们连自己的孩子们死去的消息，都不能知道了吗？”

白七奴听到王雷这么说，无力地垂下拦阻的手。

事到如今，已然是无可挽回的态势。死者留下的空缺，只有数倍于此的杀戮才能弥补。

【何魏】

金线编织、补完着何魏的躯壳，祛除污秽的精神余赘，帮助他完整地取回“自我”。

所以何魏醒转之后，觉得非常异样，因为他觉得自己受了塞尚过多的恩惠，而又完全想不到塞尚想要向他索取些什么。

塞尚把他带到了先前曾经来过的“吕蒂亚”酒吧，侍应生拿出来的红酒，明显和上次刘殷拿出手的那瓶不是一个档次。

“你是怎么找到我的？”何魏先发问道。他尽量保持冷静平等的语气，尽管从斗室里出来以后，他已经无法把塞尚当作一个“人”来看待。

“这个问题并不重要，如果你真想知道的话……”塞尚倚靠着柜台，从胸前口袋里摸出一颗琥珀头骨，和他用来交换“蛇眼翡翠”的那一颗相差仿佛，“这是泰国人制作的一种蛊灵，土语里叫‘昂巴卡塔林’，也叫‘死者婚约’，一共是一对，如果你灵魂的气味被其中一颗记住，那这一颗就能引导我找到你。”

何魏心里一惊。从坐上火车开始，塞尚就计划好了，甚至还借故换走可以辨识蛊灵的“蛇眼翡翠”，以免他们对头骨有所警觉……

“你为什么会盯上我？如果你真的想要抢走高罗人的镜子，对你来说我连障碍都算不上。”

“哦？难道你不是高罗人吗？”塞尚语气微妙地说。

他居然知道。他该不会也看得出来，上午那只猫是自己吧？

看到何魏的表情，塞尚立即补充道：“不要误会，我可没有调查别人隐私的癖好。这个情报，是刚才那四个人里的某个人卖给我的。”

“呃……谁？”

塞尚抿了一口红酒，淡然道：“这个问题很重要，所以我不能告诉你。他是潜伏已久的卧底。”

“他们这些人到底是谁？”

“啊，这个问题很复杂。他们来自于这个世界上各个隐秘而不知名的角落，来自于像玛那依山这样的地方。不过，他们代表着日本人的利益，因为他们受到日本军部雇佣。”塞尚耐心地一一道来，“他们这个组织的代号叫作‘神龛’，领导他们的是一个复姓苏我的年轻军官。你没有听说过这个姓氏，对不对？”

“没有。这个姓有什么特别吗？”

“在神智学会的资料库里，‘苏我’这支日本氏族，在东亚神秘学中是重点研究的对象。他们继承了日本阴阳师的血统，跟皇室和军部都有紧密的联系……言尽于此吧，再往下说，我就要跟你收费了。”塞尚开玩笑似的说道，“你应该见过那位年轻的领袖，他藏在军队里，伪装成一名和尚——”

“苏沃和尚！”

“嗯，看来你已经注意到他了。”

“这……岂不是说，云南集团军和日本人有所勾结？”何魏想起苏沃和尚可疑的行止举动，还有小女孩“小茱”自由进出于刘殷的营房，不由心生寒意。

“我不能对你的这个判断作出肯定或否定的回答，因为我没有掌握这方面的情报。我可以提醒你的是，日本人的野心一贯是相当狂妄的，乃至于富有一种恢宏幻想的美感，而为了完成他们心中的伟大拼图，云南这个地方是重要的战略碎片。他们为此做了相当长久的谋划和非常细致的准备工作，想来确实是令人敬佩。”

我看你才更令人敬佩，何魏暗想，安插一个卧底就把勤奋作业的日本特务吃得死死的。但是……“如果他们的野心这么大，一面石镜对他们来说又有何用？”

“你低估了那面镜子的价值。不过这很正常，因为它远远超出了你们的理解力。它是不应该出现在这个世界上的、一个恶毒的诅咒。”

“……它到底是什么？”

“我可以告诉你。不过，相对的，我需要你支付给我足够多的报酬。”

“支付什么报酬？”何魏警觉地问道。

“一点信任。”塞尚凝视着他说，蓝色的瞳仁深不可测。

【王雷】

玛那依山下的山谷，从古至今都是高罗人避世逃难的最后居所。从古代首领“大鬼主”受石镜所惑镇压异己、屠戮族人，到清代吴三桂残酷血洗各个部落土著，到民国时期为了铁路组织义军抵抗外国佬……高罗人已经习惯把本族最后一点血脉寄存在此处。

如果从外部进入树林，是走不到山谷的，神树会引导所有的树木生灵布下重重迷障，把来犯的人永远困在这里；要进山谷，只能从村子里的秘道进入，秘道的入口必须要通过和神树通灵才能开启，之后还要沿着山体内部的甬道往下走，一路上多的是坎坷的窄道，易守难攻。可以说，大山和神树，为高罗人搭建出一个相当安全的避难所。

所以，事先躲避到这里的老少女眷，对王雷的出现可以说是全无准备。

王雷走进山谷时，在场的高罗人被他的形象吓得喘不过气来：他的双眼灼烧如灯，通体绯红，像淋过沸水一般，身上冒出滚烫的蒸汽，后背上的伤口已被高温“焊”住，留下一个个丑陋的黑色疮疤。

他抱着石头走近人群，石头的母亲、弟弟和妹妹扑过来，悲痛地哀哭着。这具结实又熟悉的尸身，把所有人的心向下拉坠。

“大家肯定记得，11 年前，”王雷嘶哑着嗓子说，“法国佬来到了玛那依山。他们说要在山下造铁路，要在山上开矿，分给我们一点钱，就要挖我们的山、砍我们的树。这山、这树都是高罗人的命根子，我们怎么能让他们动手动脚呢？

“没想到法国佬穷凶极恶，干脆勾结政府的军队，要把我们赶下山去。我爹王芒……作为土司，为了抵抗军队的军火，为了保护所有高罗人，带头违背祖宗的遗训，和那面邪镜做了交易，向它借取了兽魂。

那时候，有很多人骂他，我娘和我舅舅带头反对他，也有一些人觉得他做得对，愿意跟随他。

“后来发生了什么事，大家也都知道了。军队被我爹等人打跑了，法国佬不得不和我们高罗人和解，我们整夜摆宴、庆祝胜利……结果，我爹身上的兽魂在半夜里发作失控，他变身以后，咬死了村里二十几口人。”

人群静默无声，似是回想起了当年不忍目睹的惨状。

“我和娘挨家挨户地去道歉，去跪拜，去磕头……那些死了爹或娘的孩子见我一次就打我一次，我从来不还手，后来，他们很多都成了我兄弟……而现在，我要做的，正是我父亲当年做过的事情！”

人们轰然喧哗，议论纷纷，王雷置若罔闻，继续说道：“为什么？因为我们又将保不住我们的山，我们的树了，甚至，连祖宗交代给我们的镜子，我们也看不住……兴许我们还能活下去，可却是被践踏着活下去，在脚底下活着。这样苟活，配不上是高罗人，甚至不能算是人。我们不能都由人的道，退到畜生的道上去。”

“坦白告诉大家，我已经和邪镜做过两次买卖。”王雷不动声色地说，“第一次我借了熊魂，还了它几只山鸡，这一次，我为了借到我自己的灵体，我答应要把那些刽子手的魂魄都夺来还给它——那些杀了我的兄弟，杀了你们的儿子、丈夫和父亲的人，一个都逃不走。想给亲人报仇的人，想为高罗最后搏一次命的人，现在就跟我走。如果我们真的是玛那依山上最后一代高罗人，那我们怎么也要在这世上炸出点光来！”

片刻间竟有三四十人举着手，从人群里默默走出来，神情决绝，连石头的弟弟都要跟过来，被石头的母亲狠狠拽住。可是，有劝得住的，也有劝不住的，最后还是有近三十人，跟王雷站到一处，大多是青年人和矢志复仇的亲属。

“王雷！”白叶喊道。王雷回头看去，白叶和邹婉莹站在甬道出口，应该是听到了他说的所有话。白叶流泪说道：“你怎么就不明白呢，你和姑父都错了。以恨消恨，以杀止杀……你带着大家走的，是修罗的道啊。”

“修罗吗……”王雷露出一个悲伤又坚毅的笑容，“我爹犯的最大的错，是没有死在战场上，却死在他最爱的人手下。我希望，我的运气能比他好点。”

第十一章

往事

11月9日，碧色寨。

“两千六百多年以前……哈，真是过去好久了。那时候在波斯的游牧部落里，有一个自称为先知的人，他年复一年地在各地方游荡、布道、宣讲。他持有这样一个观点：这个宇宙里，有且仅有一位真正的神，他的名字是——啊，这不重要，你不需要知道这位神的名字。

“重要的是，这位先知提出了一个崭新的一神论教义，和当时流行的多神论格格不入，所以他一直不受待见、穷困潦倒，可以说，他只是个怀抱着某种奇怪信仰的流浪汉罢了。

“不过，他仅有的两名愿意跟随他的徒弟，决定要改变这个状况。他们是一对双胞胎兄弟，依照先知的预言，他们跋涉去大陆的各个角落寻找可以证明唯一神的证据。绝大多数时候，他们都惨遭失败，直到他们走到了埃及，在那里挖出了一块拱顶石。”

“拱顶石？”

“嗯……”塞尚放下酒杯，“是在一座金字塔的墓穴下方、近万米的地底深处，那里有一扇巨大得无法直观的拱门，他们把拱门最顶部的那块石头撬走了。”

“近万米……那里怎么会有门呢？”

“可能没有，所以也可能有。总之，他们把整块石头带回了波斯。先知发现，面对这块光滑如镜的石头，能倾听到一个仿佛来自于天际的声音。而且，这个声音是单一的、也是无穷的：它对于某一个人，只用一种声音说话，对于千万个人，则用千万种声音说话。这样，先知终于得到了一个合适的证据，来证明一神论是可能成立的。

“借助这面石镜，先知的布道吸收了很多信徒，也取得了国王的信任，他终于有机会推广他的教义了。不过，他的徒弟们却有一个更惊人的发现：这面能与人对话交谈的石镜，其实是一扇门。”

“门？”

“是的。它既通向冥府，也通往天国。”

【王雷】

王雷再低声交代了几句，才让第一个年轻人走进门里。跟随他走到斗室门前的人，大致上都已具有足够的狠心或者决心，但未必做好了精神上的准备。

面对那面镜子，必须要有赌徒的胆量和嗅觉。

前后两次进入斗室让魂魄被吸入镜中，王雷的体验截然不同：

第一次，魂魄是向下沉坠着，几乎是被玷污似的，被挤压成一根线、一条缝，魂魄顺着也仅有一线之宽的深渊，潜入到黏稠的、胶质的暗影里，那些饥饿得发狂的兽魂，像蛇苗一样围着他攒动，盘算着如何把他分解成碎片……想抓住兽魂，必须要克服恐惧，不然意志都会被蚕食殆尽。

第二次更为困难，魂魄是往上飘逸的，空间无穷无尽似的向外伸展，每一处空白都清晰得可怕，广阔而虚无的空寂，轻易就能把他淹没和稀释掉，这时会出现一个和自己音容笑貌都极为相像的“人”，牵住他的手，允诺要把他带出这一片荒原，引进永恒的天国……要在最后一刻把持住自己，把那个“人”带回来，不然魂魄大概会受到诱惑就此逃遁，再也无法回到肉身之中。

不仅如此，看守镜中之门的那个邪灵，时时刻刻在身后窥视，每一次魂魄在搏斗受损时散逸出的碎屑，都会被它吞吃下去，而如果魂魄受伤太重，以至于孱弱得回不到身体里，那就会整个儿地成为它的餐食……

【何魏】

“兽欲沉沦的冥府和生机灭绝的天国，那面镜子是同时通向这两个地方的入口。根据先知的猜测，镜子是‘冥府大门’的拱顶石：远古时期，恶神为了率领属下攻打真神，建造出这样一个从冥府直通到天国的门户，千年之战结束后，恶神战败，根据停战协约，他们必须彻底关闭冥府大门，永不启用。没想到机缘巧合，却被自己的徒弟们重新发掘出来。”

“可是……冥府和天国真的存在吗？”

“问得好。那两个徒弟对镜子做过很多种实验，因为他们只能让灵魂涉入镜中，让灵魂去观察体验，所以说到底，他们所见、所听、所触摸到的，究竟是真实还是幻觉，根本无从判断。极有可能，所有的事变都只是发生在灵魂内部的舞台剧而已，你所面对的只是灵魂自身的一个镜像。但有一点可以确定，这面镜子确实能给人带来异变，甚至让普通人拥有可怕的通灵力量，尤其是那些‘天国’的回归者，因为拥有巨大的魔力，被人们称为‘伪神’。”

“伪神？”

“也就是伪造的神，一种位于人与神之间的生物。你要知道，在波斯最古老的神话传说里，人类是生而残缺的，他们灵魂中的一部分将永远驻留天国——就像一件抵押品，哈哈——如果能把这部分缺失的‘灵体’取回，这人会变得‘完整’，从而具有接近神的能力。‘伪神’的出现，让波斯各部落的首领看到了魔镜的巨大价值，如果可以制造‘伪神’，然后把他们投入战争，那就不仅有望统一波斯，甚至可以君临大陆，统治整个世界。”

【王雷】

29 人里面，出现了两个“伪神”：

一个是阿泰，阿吕的弟弟，他可以让自己化为烟气，缩小时是一颗浓白色的烟球，扩散开来则能将斗室和甬道全部填满；另一个是大根的父亲根叔，他的身体能变成岩石，然后和地面或者石壁融合在一起，变得坚不可摧、无可撼动。

算上王雷，他们三个人是突击的主力。

另外 21 个男人和两个女人，则取得了兽魂，变为虎人、蝠人、蛇人……

还有三位兄弟的魂魄没能返回。王雷等人站在斗室里为他们默哀，致以敬意。为了胜利，当下的牺牲是无可避免的。

他们都明白，他们永远失去了魂魄中某些珍贵之物。是良知？是温情？还是一些铆定了人生格局的记忆？他们对此不甚了解，也无暇去仔细追问。

白叶看着这些人走出斗室，整装待发，想起王雷一心赴死的决意，不禁心潮汹涌——

为了守护高罗人的使命，他们违背了这一使命；为了延续高罗人世世代代、两千余年的历史，他们背叛了所有的历史。

可他们又无法彻底地背叛使命……抛弃镜子，任由它落入他人之手；逃出玛那依山，远离祖辈们坚守不懈的地方。在另一个不为人知的世界角落，重新扎根立足，劳作生息，开始崭新的历史，那又如何呢？……不，他们不可能做到。

或许，做一个不彻底的背叛者，才是高罗人的真正宿命。

【何魏】

“先知掌握了说服贵族和平民的工具，短时间内就收获了大量信徒……这当然曾是他梦寐以求的，但是当他目睹整整一个国家的臣民迷醉于石镜的魅力，前赴后继，舍生忘死，当他发觉那些首领一边豢养敢于赴死的亲卫队，一边提出各种条件试图染指石镜的时候，先知为此感到恐惧。

“强行附灵一定会造成灵魂受损，所以由石镜造出的‘伪神’都有性情上的缺陷，或者无情无欲，或者有无法克制的杀戮欲望。

“先知了解到镜子的危险性，因此拒绝了首领们的诱惑。最终，他决定把石镜封藏起来，并且发誓将它永远弃用。但是他的小徒弟却沉迷于黑曜石镜而无法自拔。他原本就是非常强大的通灵者，获益越多，诱惑越强，对他而言，镜子就是脱凡成神的捷径……甚至可以说，是唯一的道路。他是一个永不满足的人，既然已经发现了逃避死亡的机会，他一定不会放过，他不相信维持自身的永生如一始终只是神的特权，而是相信自己也有永生的资格，他甚至不满足于此，他还想要俯视众神。

他曾经说过，他要在地上建他的天国，行他的神律，让每个凡人都能够和神平起平坐……“所以趁先知还没有察觉，他便通过石镜进入‘天国’，为了把自我提升到极限，没有选择附灵，而是吃掉了出现在他面前的灵体。”

“什么！？”何魏大吃一惊，他无法想象世间会有如此不可思议的事情。

“最后的结果，就是他失去肉身，永远寄居在石镜里……”

“难道他就是你的弟弟？”

塞尚看了他一眼，露出似笑非笑的表情：“果然不出我料。早上我去斗室的时候，你应该就在那里吧？”

“……对。”何魏硬着头皮承认说。

“这就对了。我还以为是我的感知出了错，把一只猫误判为你。”

“所以……你们兄弟俩活了两千多年？”

“不信才是正常的，我自己都难以置信。要是真的活过这么多年，时间早就成为不可信任的幻觉。”

“既然这个故事发生在古代波斯，那么跟高罗人又有什么关联？”

“接下来发生的事情，就开始跟他们有关了。我的弟弟——他当时的名字叫满罗——寄居在石镜里以后，彻底占有了镜子的使用权，并以此来操控世俗的权力。先知去世以后，石镜落到了野心勃勃的居鲁士大帝的手里，他和满罗合作，击败了吕底亚和巴比伦，建立起强大的波斯帝国。

“此后两百多年，满罗一直左右着波斯的政权更替和外交征伐，他是波斯帝国幕后不挂名的国师和大祭司，是执政者最为倚仗的圣人。但他维持阿契美尼德政权的手段太过残酷，造成众多异见者和王室成员的家破人亡。直到碰上亚历山大麾下的阿波罗祭司，满罗和受他操控的‘伪神’才算遇到了不可战胜的对手，他所掌控的王朝，也在这场战争中遭到灭亡。”

“这些还是和高罗人没有关系。”

“不，高罗人已经在历史中现身了：最早的高罗人，就是波斯帝国王室里那些奉石镜为圣物的信徒。”

“什么？他们以前是波斯人？”

“没错，波斯王朝覆灭后，满罗就是在高罗先祖的帮助下成功出逃，免受阿波罗祭司制裁。他们带着石镜从中亚逃到了东方，如果没有一个女人的介入，他们很可能会在这里再次建立起一个国度。这个女人，名叫玛那依，现今的高罗人奉她为始祖，把她叫作鱼娘……‘鱼娘’这个称呼我还挺喜欢。”

“玛那依？就是玛那依山的……”

“对，她就是给那座山命名的女人。玛那依的身份很复杂，以前也只有极少数人知道，现在更是被神话传说掩盖了。她出生于波斯王室，一家人因受满罗迫害而离开波斯，辗转来到希腊。她进入阿波罗神庙学习，成为一名法力强大的女祭司。波斯人和希腊人开战以后，她一直致力于调停战争，保护波斯王室成员，但战争结束得相当惨烈，王室的大多数成员，被满罗操纵‘伪神’杀害了。玛那依为了复仇，从波斯一路追到了东方。

“此后的事情我完全可以猜出来。她找到满罗和他的信徒以后，肯定发现自己复仇的心愿无法得到实现：满罗藏身在石镜里，她对石镜做的任何事情，都不会给他造成痛苦，她顶多只能囚禁他，让他因得不到灵气而忍受饥饿；那些愚蠢的信徒，多数还跟她有血缘关系，即使有些人真的负有罪孽，她也无法对他们施以刑罚。

“如此一来，她只能放弃复仇，而以她的性格，也不可能放任满罗继续作恶。所以，她选择留下来，用她在希腊学习到的知识教诲那些信徒，让他们去信仰一些更正确的观念。她还要教他们通灵术，以便对付石镜的蛊惑和不可预测的外部威胁。为此她不得不扮演‘神’这个最具有说服力的角色。”

“你为什么……这么了解玛那依？”

“这是当然的。有一段时间，我和她是夫妻关系。”

“这……”

“你不是答应过我，要多付给我一点信任吗？”

“嗯，我信。”

“对你来说，玛那依是一个没有本质的名字；对高罗人而言，她最多只是一个神话而已；但在我的漫长岁月里，她是确凿无疑的事实。我们曾经一起远赴埃及，寻找破解石镜异能的办法，还曾经并肩作战——即使是针对波斯人的战争，那也是一段难忘的美好时光……唉，可惜她主动离开了我。她真的是一个道德感很强的女人。”塞尚有些感伤地一笑，“如果高罗人知道，玛那依让他们看守石镜和满罗，是要让他们背负着这一原罪，他们会不会感到很绝望呢？”

【刘殷】

刘殷坐在草场边上，努起鼻子闻闻山风吹来的气味，再望一望不远处那片林子，心里头觉着非常烦躁。

那是什么气味呢？有点像动物的尿骚味，有些动物想在哪块划出自己的地盘，就在那里撒泡尿，警告那些不知好歹的侵略者。现在这味道这么大，难不成树林里有这么些虎视眈眈的……总不能又跑出一群狗熊来。

刘殷不由得打了个寒颤。

他本来派了副手跑去请示旅长，说“高罗绑匪脱逃，请求进山抓捕”，得到的指示是“情况不明，原地待命”。这下好，等到天黑，又不好进山了。

吃晚饭的时候，他难得下一次严令，让各连各班把烟枪烟袋都收了，晚上还要增派巡逻和轮岗，保持戒备状态，让手下那些少爷兵都怨声载道的。他是放不下心啊，高罗人不会就这么算了的，十几号人都给放倒在这儿了……要是他们有心要和解，还有可能派个长老下来收尸，现在这样默不作声，则说明势态着实危险。

那些高罗人的尸体还堆放在仓房里，没有埋掉呢。刘殷飞快地向仓房瞥了一眼，打了第二个寒战。他们该不会突然活过来吧？不会的……可是也很难讲。苏沃大师不是说了么？高罗人骨子里藏着邪性，一不高兴把你变个猪、变个鸡鸭鹅什么的不在话下，真要诈个尸也不算什么……

话说回来，苏沃大师到哪儿去了呢？他不在的话，他的弟子茱儿姑娘要是在旁边也是好的。刘殷想起她的温柔笑靥，心情总算平静了些，可另一种难以平息的躁动又冒了出来……

“殷……殷哥！营长！”

怎么了？

刘殷睁眼看去，目光跳过正在朝他跑来的副手：一蓬白色的烟雾从树林里飘过来，虽然顺着风向，但速度也是过快了，在深蓝天色下面，它就像一只变形的大手，伸过来就要把营地整个盖住……

“开灯，开灯！”刘殷喊道，“把车灯、手电、屋里的灯泡，能亮的全他妈打开！”

“妈的，这些兔崽子还不赶紧跑起来。”

大雾瞬息间就没过了营地，那些没来得及跑回营房的人，只能抓着草场的围栏来辨认方向。

各处接二连三亮起了灯，但在雾气里只是作光晕散开，照不出去多远。刘殷牢牢地戳在原地，感觉胡茬直发黏，但手里勒着围栏上的铁丝，不敢松开来擦一擦。

他等待着。

荒草的茎部被压折的声音。有什么人正在踏过草场，向他走来。前方响起了惊叫、错落的枪声和不耐烦的低吼。站在草场上的人大概都像荒草一样倒下去了。

忽然亮起熊熊火光。

刘殷顿时松了一口气。兔崽子们还挺聪明的，知道要点火——

热浪推开雾气，一个通体赤红的人出现在眼前，双目亮如熔金，浑身烈焰缠卷，如火神降世。

【何魏】

塞尚用指节敲敲吧台，侍应生侧身靠过来。

“拿上钥匙，带我和这位朋友去地下室。”

侍应生向何魏瞄上一眼，微微点头。

于是何魏和塞尚绕进吧台，跟着侍应生走进一道小门。石砌的阶梯弯过一个紧凑的弧度，滑入地下的藏酒室，这里用昏黄的顶灯照明：一排排挨紧的三层木架，红色封口的墨绿色酒瓶，安着黄铜龙头的橡木酒桶。他们经过四五个木架子，转个弯，来到一面石墙前。

第三排其中一块青砖上刻有一个图案，位置隐蔽，不把顶灯提下来是看不清的：那是一只面孔扭曲的天使——针一般锋利的荆棘顶冠扎进头顶，正脸朝向左侧，嘴唇和眼角一同向下弯折，作出哭号的表情，全身被六道相互交错的缎带彻底箍住，只从双脚应该出现的位置冒出两条三角形脑壳的毒蛇，盘曲着在双翼间缠成一个死结。侍应生从裤兜里掏出一个类似开瓶器的工具，嵌入毒蛇之间的裂口里，转了三圈，再倒转一圈。

石墙向右侧弹开。这是一个封闭的密室，里头有床垫、毯子、报纸，以及……两只木桶。

何魏瞪着塞尚，塞尚不以为意道："这家酒庄的老板是我们神智学会的人，所以我可以借他的地方用一用。虽然看起来非常简陋，但这里确实是一间非常安全的待客室。"

"我父亲呢？"

"啊，他在这儿呢。"塞尚走进去，用脚尖点一点其中一只木桶。

木桶向内收拢，变成一列弯曲的脊骨，底部则扩张、分岔，变成肢体。整个木桶渐渐变成蜷缩在地上的何绍郡。

"爹！"惊骇一掠而过，何魏俯身要去搂抱父亲。

"等等。"塞尚伸手阻止道。

"你做什么？"何魏发怒道，右手下意识一格，把塞尚扭开，紧接着后颈处就是一凉。

塞尚揉着手腕，皱眉道："蒂诺，住手！"

何魏转头看去，侍应生放下了比成手枪状的左手，眼神凌厉地盯着他。

此时何绍郡已经直立起来，他的皮肤皱巴巴的，还布满一圈一圈的圆纹，像树干上的年轮，他的眼睛深陷在皱纹里，几乎看不见瞳孔了。

"你们把我爹怎么了？"何魏大声问道，克制不住心慌。

蒂诺冷冷说道："这你应该去问高罗人，他可是塞尚先生从他们手里——”

“蒂诺，说够了吧。”

……

“我不让你碰你父亲，是有原因的。”塞尚一边说，一边把右手放在何绍郡肩上，然后手上的皮肤波动起来，眼看着就瘪了下去——塞尚及时把手抽回，“你看，只要碰到他，生命力就会被抽走。”

“怎么会这样……”

“不是高罗人把他变成这样的，不过也跟他们大有关系。”塞尚沉声道，“根据情报，你父亲每年都要向玛那依山运送大量玉石，你知道是为什么？”

“……因为……”何魏想起了在树根洞窟里看到的那些失去光泽的玉石。

“因为石镜。高罗人为了压制我弟弟，必须要维持玛那依山的体系——动物灵、神树和玉石构成的灵气体系。为了供养山上的鱼灵和猫灵，需要消耗大量灵气，这些灵气来自于树林根须结成的气脉，而万树之主神树所需要的灵气，则需要源源不断的玉石来补充供给。”塞尚说，“所以从根源上看，是你父亲在独力支撑着这个体系运转。”

何魏把外衣脱下来，披在父亲身上。

“所以呢？”

“这个体系已经被满罗看穿了，当他想要寻找机会逃出囚笼时，他会去找到体系中最初始、也是最关键的那个环节，然后……破坏它。”

经塞尚这么一说，何魏脑中的线索确实变得稍微清晰了些。

“所以——是石镜，不，是满罗对我爹下的手？”

“对。我可以代他向你道歉，”塞尚耸耸肩，“虽然并没有什么用。”

“可是，我爹完全有可能留在昆明不走，运送玉石的事情也可以委托给别人。他不一定会跑来玛那依山，给满罗这个下手的机会。”

“不，你父亲一定会来玛那依山，而且一定会走到斗室，站在石镜前面。”

“什么？怎么可能呢？”

“你最近一段时间，是不是有过被附灵的经历？”

何魏心里一颤，回想起父亲离开昆明前一天，他在梦游中走到虾山的事情，同时也想到了那只抠抓在魂魄深处的指爪……

“可能有过……但我的症状可能不是附灵，而是梦游。类似那样失去意识的经历，从我小时候开始就一直有了。”

“哦？小时候就有过吗？”塞尚略显惊讶，“看来我亲爱的弟弟已经学会埋伏长线了。”

“什么意思？”

“那些兽魂之所以选择附体在你身上，应该都是因为受到满罗的操纵。”

何魏一时说不出话来。

“还没有明白吗？他指派那些兽魂去找你，给你和你父亲制造麻烦，你们本身不是通灵者，没有能力解决附灵术这种大问题；自然，你父亲就会回到玛那依山，寻找能解决问题的办法——在祛灵方面，没有比石镜更有效的工具了；所以，你父亲会找镜子谈判，这件事最终一定会发生。”

“等等等等，让我想想。”何魏想要把思路理得更快些，但还是很迷糊，“可是满罗并没有见过我，也没有机会记住我的——”

不对。何魏想起来，他竟然是在玛那依山出生的。

“要命……原来是这么一回事。我爹完全是为了我，才回到玛那依山，才会变成这样子的。”何魏尽力平静地说，用手背抹了抹脸。

“不不不，你还没有看清楚，所有事情里那个完整逻辑链条的——最开始一环。”

“你说。”何魏说。过去这 20 年的人生似乎已经被眼前这个法国人用寥寥几句话给倾覆了，眼下他说什么，自己都得先接住。

“为什么你会被盯上？为什么满罗会对你父亲下手？而又为什么，你的父亲和你的祖辈们要花费上千年的光阴，愚公移山一般地维持玛那依山体系的运转？”

“你是说，问题还出在高罗人身上？”

“不，不仅仅是，实际上从整个系统开始形成的时候，问题就开始酝酿了，这是一个由玛那依设计、由高罗人推动和维护、由满罗来测试和挑战的囚禁系统，这是一个囚笼和囚犯紧紧纠缠、密不可分的巫术系统。只要这个系统继续存在，像你和你父亲，像高罗人和集团军，甚至像中国人和日本人……所有人面临着的问题，都会再次发生，循环反复，永不消解。”塞尚语气恳切地说，“为了永远破坏这个系统，我们要把石镜从玛那依山带走。在这件事情上，何魏，我需要你的帮助。”

第十二章

血祭

11 月 9 日夜，玛那依山。

【苏我真鹿】

苏沃和尚——不，是日本军部神秘事务调查科机动部队队长、“神龛”项目组组长苏我真鹿，此时正站在云南新编第一集团军第五旅第二营的营地边上，端详着面前这一片惨烈的景象。

粗算一下，死者数目达到上百人：大部分尸体都被烧焦了，少部分尸体是在被撕裂成碎块之后，再被烧成焦炭的；以草场围栏的某一处为中心，铺展开一片烧得黑油油的圆形沃土，好像有谁在圆心上引爆了一个寿命短暂的太阳，把营房的外墙面都刷成了黑色；一排营房都被掀翻过去——是真的连同薄弱的地基一起，被向后掀倒，躲在里面的人大概已经被拍成了饼干。

苏我对高罗人造成的破坏基本满意。

“黑马桑，你闻得出来有几只伪神吗？”

无眉壮汉深吸一口气，“两只……最多三只。”

“不少了，我们要尽可能把他们全都捕获。”

“还是我们队长野心大啊。”鹰钩鼻冷嘲热讽道，“玩命的活计，被说得这么轻松。”

“黑手，你老抬杠作甚？”

“不是我抬杠——”

“别说话，听队长的。”

苏我好像浑不在意，自顾自向玛那依山的山顶眺望。他在看什么呢？光线已经昏暗得连云层都看不清了，晚霞被压到了最底下，然而月亮还没有出现，天空显得特别坚硬、沉重，只有那山顶上闪烁着一小簇火光，极微弱，连一只孤独的眼眸都无法点亮似的。

只有苏我真鹿自己清楚，他到底看见了什么：他的眼中所映照出的，是那一天焚烧得干干净净的樱花树，在师父像入睡般安详地斜靠于树根上的时候，树上没有留下一片花瓣，然而奇妙的是，师父居然已经通过他的剑，通过剑的交击，通过交击的痛楚，把那一树火樱的意象刻进自己的心里了。在他的余生里，他都可以继续信仰着师父留下的刻印。

这是多么幸福的事情。

而且……“照亮这黯淡的天空吧，阿秀。”

他也决意要像师父那样，把意象刻写于世上，把这个世界，彻底地照亮。

“黑手桑。”

“……干吗？”

“请你发出信号，告知朱旅长：他的军队可以开始行动了。”

鹰钩鼻不耐烦地咕哝一声，双手搓一搓，忽地一弹。

三颗火星飘到了空中。

战争开始了。

【白叶】

村子里本来也没有什么祭台——从“大鬼主”下台以后，高罗人不愿意再看到献祭之类的事了。王雷找了一间空置的土房，让根叔把它弄塌，再拍平些，勉强作一个高出地面一米半的祭台。几乎所有躲在山谷里的高罗家眷，都沿着甬道回到了山上，连一些小孩子都被允许围观晚上的仪式。

白叶带着姑姑白七奴去找父亲，二老一少在昏沉的暮色中围坐着，就像被遗弃的古旧石雕。他们三人是高罗人里硕果仅存的通灵者，然而两位老人都身受重伤，白叶又太过年轻，难以服众……通灵天赋本来是衡量领袖潜质的重要指标，证明一个人与自然灵的同一程度，但是现在，这已经被人们心中反弹的欲念和戾气给淘汰了，这种趋势无可阻挡，即使它意味着所有传统秩序的崩解和不可修复……

村里的喧哗和呐喊越发响亮，白叶静静听了一会儿，终于走出门，向祭台走近。王雷他们在祭台后方点燃了一个火堆，王雷自己站在上面，用自身的火焰不断地助推大火的凶势。

王雷正在火焰深处发出震耳欲聋的声音，仿若神的布道：“杀了他！从他杀害了你宝贵的儿子，杀害众多无辜的高罗人开始，他选择站到了恶神的队列当中，我们必须洁净他，让他赎清自己造成的杀孽！杀了他吧，然后把他送入火焰，向伟大精神献上他的灵魂！”

白叶听着心里一紧。这已经不是王雷自己的声音了。

根叔站在祭台上，手里紧握着匕首，有一会儿露出了动摇的、想要放弃的眼神——可能是因为躺在匕首尖端下面的那个瑟瑟发抖的年轻士兵 ，和他的儿子大根差不多年纪。可是他的双手变成了沉重的岩石，不由自主地狠狠砸了下去，年轻的受害者发出了最后一声惨叫，然后被推入到火焰中——

“杀得好！”

“都是畜生！”

“杀了他！”

白叶难以置信地环视着齐声高呼的人群，他们的表情已经被狂热的仇恨彻底扭曲了，那种过分的恶意持续不绝地生发，像污水一样从心脏的褶皱里挤压出来。这不是她所熟知的高罗人，他们的精神正被什么力量推动着，要跨越到“非人”的境界中了。

“好！”王雷高呼，“阿泰，轮到你了。”

又一个年轻士兵被五花大绑着抬上祭台。根叔失魂落魄地走下祭台，空中的一缕白烟落到地上，凝结成为阿泰的身体。阿泰从根叔手里接过被血浸透的匕首，走上祭台。

“阿泰！”白叶忍不住喊道，“别这样做！”

“叶子姐……”阿泰的神情非常漠然，“他杀了我哥呢……”

“可他也只是军队里的一分子，是一名无辜的人啊。”

王雷坚定驳斥道：“不，他们都是一样的。他们全都是恶的一部分。”

他们正在把杀戮的对象推到另一边，推到“非人”的那一边，好方便他们没有障碍、顺理成章地把杀戮执行下去……这样做，和曾经把高罗人划归为“蛮子”“巫人”然后对他们施加暴行的那些人，又有什么分别？

阿泰一刀划开了受害者的喉咙，受害者的鲜血喷涌而出，流下祭台，人群一时鸦雀无声，仿佛被血液的瑰丽色泽迷住了。这时，白叶清晰地感觉到，有一种吸吮的力量在把死者刚刚逸出的魂魄往地下拖拽。是石镜在作祟！它在偷偷地捕捉游魂，窃取灵气，壮大自己的力量，高罗人们的神智现在也正受到它的影响。

白叶转身向人群外面走去。现在也只有她能设法阻止那面镜子了。

王雷在祭台上亢奋地高喊:“现在，让我们把刘殷刘营长抬上来。”

“妈的，你敢动我一下——哎哟！松手，你们这帮子吃人不吐骨头的土佬——”

“恶神住口，我要亲自来洁净你。”

“什么？恶神？我看你们才是恶鬼呢！睁大眼看看，谁更像——”

轰然一声巨响，打断了刘殷的话。

山下发出足以照亮天空的剧烈火光。

白叶远远地感知到了神树的哀鸣，一阵悲凉涌入心底，无可抑制。她面容秀丽，表情悲凉，俨然一位正在走向世界末日的女先知。

【何魏】

山腰间的树林，正在沉入到炼狱般的烈火之中。火势已经吞没了低处的山谷，而且正在向山顶，向神树林所在的位置蔓延。

“怎么会烧得这么快？”何魏喃喃道。

“军队可能调用了燃烧弹。”塞尚说，“普通的火灾很容易被水灵熄灭，汽油则不会。嗯……这大概也是日本人的主意。”

“……他们就不怕烧山以后什么都没剩下？”

“不会的，石镜比一切已知的事物都要坚固，尘世的火是烧不坏的。”

何魏盯着塞尚，说：“你拿到石镜之后，一定要帮我爹祛灵。”

“相信我，我一定会的。”塞尚笃定地说，“你的动作要快一点，要趁火烧到神树之前赶到那里。”

“好。”

他们二人在林间小路前分道扬镳。何魏要争分夺秒赶超火势，赶到神树那里；塞尚则要顺着岩壁攀登到山的背后，先一步进入斗室。

火浪就在何魏左手边稍远处翻滚着推进，光是那股热气就足以让树叶卷曲焦枯，何魏跑了一小会儿，已是口干舌燥，大汗淋漓，仿佛正经受着拷问。

刚刚经过第二营营地那片惨不忍睹的屠场时，塞尚说了这样一番话：

“如你所见，这是高罗人犯下的罪恶。他们绝非什么野蛮嗜血的民族，相反，我还很欣赏他们的热情、坚韧和率性。然而，石镜就是能沾染囚笼本身和囚笼外的一切事物，将它们拖入沉沦的境地：我弟弟，波斯人、高罗人、云南人、日本人……概莫能外。它是天神降下来的一把嘲笑凡人的梯子：为了让自己上升至天国，我们必先通过互相毁灭把自己沉入地狱……何魏，难道看到眼前的景象，你还不认为你有责任帮我带走石镜吗？”

何魏愿意全身心地相信塞尚的言辞，然而他的精神还没有被说服。

为什么？

难道把所有责任和罪孽都向前推演到初始之物——“石镜”上，然后轻巧地把它偷走（如同上帝之手一般），就真的能够解决一切问题吗？

【王雷】

山下的大火似乎暂时让人群从血腥的梦魇中惊醒过来了，他们慌乱成一团，有一些人匆忙间想走甬道回到山谷去。

“怎么回事？”王雷惊骇地问。

没有人能回答他。

“怎么回事！？”王雷举起刘殷，冲他大声问道。

“我知道个鬼——，等等等等，有话好说。”

王雷把他举到山崖边上，眼看着要把他扔下去。

“等等，让我看一眼，多看一眼……啊？这是燃烧弹啊？”刘殷惊喜莫名，“在蒙自只有朱冲旅长能调动这种级别的装备，难道冲哥是专门来救我的？……不对，就算是来救人，他们的动作未免也太快了些……”

“你是说，山下是你们第五旅的军队？”

“极有可能……不，肯定是他们没错。”

王雷心里一空。这一次可真是高罗人的最后一仗了。

“阿泰，根叔，你们快带领弟兄们去山腰神树林，设法阻止火势，防备军队偷袭，我带大家撤回山谷——”

此时先一步想躲回山谷的那些人跌跌撞撞地从甬道里跑出来，裤子大都被烧得稀烂，领头的富伯上气不接下气地说：“不、不行了，山谷都、都被点着了，回不去了。”

有妇女哭叫道：“好多孩子还在山谷里啊！”

“他们没……没事，两位长老已经让几位妈妈领着孩子们躲到甬道里了，他们还……还把斗室和山谷之间的甬道封死了，防止大火从那里烧上来。”

正说着，五六名年轻妇女领着一帮孩子从甬道里跑出来，一个个衣衫不整，脸面熏黑。

王雷的目光一一掠过祭台周围这百来口人，上百张不安的面孔，渐渐意识到这个事实：高罗人全都在这了，没有更多的了，他是要为一个千年部族仅存的血脉去背水一战，去争取苟延残喘的机会。这个事实让他双手发抖，勇气全消，他原本滚热的杀意也冷却了下来。

他如何承担得起这样的重任？

王雷向逃出甬道的人群里望去，却发现找不到那两张苍老的面孔。

“我舅舅和我娘呢？”

富伯沉痛地说：“他们……他们下到山谷里去了，说是要去给神树林灭火。”

【白叶】

猫灵们异常焦躁，纷纷跳出来满地乱窜，无法安静待着。它们应该是察觉到了，神树的气脉正在衰竭。

据说神树是鱼娘降世那天种下的，寿命就和高罗人的历史一样长久，山上所有的树都是它的子孙，它的根须一直扎入到玛那依山的内部，甚至可能比这座山还要深邃……有赖于它的滋养和照拂，高罗的每一代人里才会不断出现卓有天赋的通灵者，它用灵气和它哺育的自然灵来教育他们……它就像是高罗人的父亲。

然而，它的寿命终于也到了尽头。其实几百年前，它就已经出现了枝条枯萎、灵气用竭的状况，也是为了应对这种危机，高罗人才分化出三个支系：“山”“林”“风”。白氏是“山”脉支系，使命是留在玛那依山上负责看守镜子，镜在人在，永不得下山；何氏是“林”脉支系，负责在各地为神树林寻找合适的矿脉，补充灵气；而“风”脉支系……如果他们隐藏多年，是为了有朝一日能力挽狂澜，在最后时刻扶持住即将倾塌的高罗人，那就在今夜了……

白叶招招手，把所有猫灵招呼到身边，安抚着，它们把她簇拥在中央，就像一袭过于肥厚和温暖的大衣。她从小就和大小猫灵们玩耍在一起，据姑姑说，近百年来，她是和这些任性的猫灵契合度最好的通灵者。或许，她生来就是为了能在这一天，代替父亲率领猫灵，发挥出一些力所能及的作用的。

白叶走进斗室，也不看一眼石镜，转身走到左边一角。

“出来吧，猫灵嗅到你了。”

一个洁白单薄的身影浮现在对面的角落，衣衫明净，指尖抚刀，在石镜的阴森光线里也看得出一份淡雅气质。

“白叶姑娘，打扰了，请恕在下夺镜之罪。”

“苏沃大师，”白叶淡然道，“就算你过了我这关，镜子也未必能让你夺去呢。”

“料想以日本人对礼法亲情的看重，一定不会反对由我这个哥哥把弟弟带走吧？对不对，苏我先生？”塞尚笑吟吟地走进门，看他的穿着，好像不是来打架，而是来跳舞的。

“哥哥……你废话太多了……”镜中人兴致勃勃地说。

“确实。”苏我真鹿凝聚精神，拔刀出鞘。

【黑手】

“凭什么我们要给军队打头阵呢。”鹰钩鼻抱怨道，“这不是傻吗？”

他们一行三人经由岩壁绕到了凶猛火势的前进路径上，根据队长交代的任务，他们要在这里“截击高罗人的第一拨抵抗力量”。高罗人就这么点底子，还能有第二拨、第三拨抵抗吗？如果依照鹰钩鼻的看法，只要让大火结结实实烧上一天，然后再派军队上来围剿幸存者就行了，哪用得着这么麻烦——

“连俺也懂，这叫礼尚往来。”无眉男说道。

我看叫互相利用更合适些，鹰钩鼻暗想，虽然眼下和第五旅是隐秘合作关系，但如果石镜先落入军队手里，到时候还用不用得上他们这一支讨人嫌的日本小组，就很难讲了。

忽然地面一震，整整一大片石板被高高掀起，向他们猛拍过来，他们左右散开，石板掠过，把后面两排树木压折了。

鹰钩鼻抬眼看去，前方却是一片浓雾，什么也看不见。雾中传来大型野兽的嘶吼和鼻息，粗粗一听，竟在 20 头左右。

“黑目！”

“知道了。”瞎子凝气于耳，试着把脚步声从背景杂音里抽取出来。“嗯……没有走动的声音，他站着没动……奇怪，也没有呼吸声。”

“好，那来一招投石问路。”鹰钩鼻双手疾挥，五粒火星分五个角度射入雾中。

这下子，瞎子清晰地听到了“咚”的一声。

“黑马，这边这边！”

无眉男向瞎子指示的方向闷头跑去，雾中有大块碎石抛过来，砸在他身上碎裂飞溅、嗡嗡震响，就像撞击一座大钟。无眉男的身体已经过渡到了青铜质地。

他冲入雾中，“砰”一声巨响，山体微微摇晃，地面都要被撕开似的。

“黑马，怎么样？”鹰钩鼻大声问道。

“哎哟，这人力气好大，俺扛不住他——”

“啥？”鹰钩鼻大吃一惊，黑马是通灵于罕见的青铜马，附灵后的力量堪比巨兽，居然还不是对手？

鹰钩鼻和瞎子正想靠近，那一团白雾忽然漫过来，把他们二人包裹住，分隔开。

“鹰鼻子，雾有鬼！”

“知道了，瞎子！”鹰钩鼻没好气地说。他弹拨指甲，在尖端上攒起一弧电光，屏息以待。

突然，雾中的野兽瞬息间都安静下来。一道沉重如山的身影在迅速扩张，从独木舟大小，逐渐变大成战船，把浓雾尽皆挤开。巨蹄蹬踏大地，马鬃迎风飘扬，金属扭曲的声音无比刺耳。那是一匹巨大的覆甲黑马，外表似曾相识。

“是……什……么？”瞎子恐惧地问。

鹰钩鼻张了张嘴，一个字也没说出来。

【白叶】

塞尚已经和苏我真鹿有过数次交手，所以不会不能适应，但白叶是从来没有见过苏我这种高手。

苏我并不会通灵术，但他却能单凭一把刀纵横于塞尚的金线和白叶的猫灵之间，锋锐难挡。他的刀上好像附着有一种特别的“执念”，总能平滑地切入空隙，将纠缠在身边的灵体一刀切断，而且塞尚和白叶又无法借助灵体来抵挡刀锋，往往都被他一招逼退，被迫在斗室里游走，整个场面的主动权，反而都落在他的手里。

然而看苏我的表情也并不高兴。“塞尚先生，你怎么不用那一招呢？那个停止时间的魔法？”

停止时间？白叶警觉起来。

塞尚笑道：“那个可不能随便用啊。尤其是在我弟弟面前。”

“哥哥……你又在用那个通灵术骗人了？……”

“要说那是骗人的魔法也可以，毕竟，时间是我们短暂一生里最大的幻觉。”塞尚躲开一记劈砍，退到石镜附近，“你一定对这一点深有感触吧，弟弟？”

石镜忽然大放光华，一股吸力把所有灵体向着镜中拖拽，白叶赶紧凝聚精神，护住猫灵。刹那间，几根金线在石镜和塞尚之间绷紧，塞尚似乎不得不全力抵抗镜子的力量。

苏我没有错过这个破绽，他飞身上步，行云流水般挥出三十三记乱刀，如风舞狂沙，无从躲避。

所以塞尚硬生生接了下来。他居然也懂武术，封、挡、缠、拨、扣……空手对白刃，仅仅稍落下风，内力对撞发出爆竹似的一连串噼啪噼啪。

刀锋切入了塞尚的肩头，流下一道血线，然而塞尚的双手已经牢牢夹住苏我手中的刀，苏我不由脸色煞白。塞尚是故意卖给他一个破绽。

“还不撒手？”金线成簇，向苏我真鹿的头顶抽击。此时苏我只要松手后退即可，然而他死死地攥着刀柄，仿佛决意宁死不松手。

白叶忍不住出手了，十来只猫灵飞快地向塞尚蹑去，试图扑咬他，塞尚没有办法，只能撤回金线抵挡，苏我得此空隙回过气息，用力撤刀后退。

“白叶姑娘，你这是在做什么？你救了他，他也不会谢你。”塞尚皱眉道。

“简单的计算罢了，剩我一人，总归不是你的对手；留下他，还能制衡一下你。”白叶冷静地说。

“哈哈，很有意思。”塞尚冷笑道，“可是，你以为你还有多少时间可以拖？日本人已经领着集团军第五旅的军队打上山来了。”

“什么！？”白叶失声道，“第五旅的军队？”那王雷他们怎么挡得住？

“不错，这位日本小哥早就和军方高层勾结上，计划好要弃掉一个营，再发动一个旅来围剿你们，确保名正言顺，万无一失。所以，白姑娘，你不如和我一起，先把这位小哥给——哟。”

苏我收刀过顶，脚跨虎步，整个人绷成一张弓，似乎是要出尽全力了。

白叶选择“牢猫”附灵，让身体处于最敏捷的状态，但下一步要针对谁，她还没有想好。

“看来还是要用那一招啊……”塞尚掏出手巾，垫在肩上的外套下面，身后金线一分二，二分四，瞬间交织成茂密的金色灌木。

正在一触即发之时，斗室忽然强烈震动，石门外，通向山谷的甬道里，传来山石崩裂的沉闷巨响，好像有什么怪物，正用蛮力打开被封闭的甬道，一步一步，慢慢地走上来。

第十三章 终局

11月9日夜，玛那依山。

【白七奴】

大火已经烧到了离神树十来步远的地方。在烈火加身前，那些长久受到神树滋养的青紫色树木，最后发出一些馥郁的光彩，然后就迅速枯萎下去，它们顺着受伤的根脉把灵气输送回神树体内，设法让它能存活下去。

高罗人的两位长老。白陆和白七奴，靠坐在神树底下，接受它的疗愈，倾听它的只言片语，一时都有恍如隔世之感。

“回想起来，”白七奴说道，“我们小的时候，也是这样坐在这里，和它聊天。虽然我们都听不太懂它想说什么。”

“我还对你讲，我们要永远保护玛那依山，不让外面的战火波及这里……”

“没想到现在，我们将高罗人的未来，托付给了这两个孩子。”

“是啊……若衡和绍郡养的好女儿和好儿子啊。”

“你说，婉莹来得及赶到吗？”

“来得及……有什么来不及的？风停水流，树眠草长，有人会死去，肯定也有人可以继续活下去。若衡兄一定能完成他的使命。”

白陆拍一拍树干，向这位长辈作别。

“来吧。”

“好。”

白陆抚摸着铁牌，十一只鱼灵从中跃出。有神树的灵气来作支撑，鱼灵们纷纷长出了裙朵，体形也大了一号，白陆不再把它们吸入体内施展附灵术，而是把自身的灵气精华释放出来，注入它们的灵体里。这是与“附灵”相对的化灵术，催发到极致的状态下，施术人会被灵体同化，多余的魂魄尽皆消散，再也无法恢复……白陆的身体表里通透，肋骨和脊椎清晰可见，就像一片新叶，一丝不挂、表里相照，没有杂念，没有忧惧，也没有空虚，已然是进入化灵术的至高状态。

白七奴也是如此，把灵气源源不断地注入月乌身上，使它羽翼丰满，变成一只巨大的银鸟。

鱼灵们贴地飞旋，忽地拔地而起，把土层深处的水分吸附上来，形成一根根晶亮的水龙卷；月乌飞到后上方，巨翼挥动，森森寒风将水龙卷吹散，水珠散出时则已结成冰凌。水龙卷反复成形，巨翼频频挥舞，逐渐酿成一阵极寒的疾风骤雨，将大火渐渐逼退。

两位老人豁出性命似的催发灵力，身体都化变成灵体般的异色，如此驱用灵气，损耗甚巨，没有神树的支援，根本支撑不下来。这已经是这一树二人所能施展出的最后手段。

然而这终归是治标不治本，两位老人总会油尽灯枯，大火依旧会卷土重来。他们好像只是单纯地，要把这件划不来的、无意义的事情做到最后罢了。

是白陆先撑不住了。他之前已经消耗过度，现在又拼命催发化灵术，后果几乎不作他想……他最后说了一句什么话，大概意在向白七奴道别，或者，是把女儿白叶托付给她之类，然后就散去了形体——他的血和肉都被逼近极限的灵力炼化了，他化作了一只苍老的鱼灵，成为了十二只鱼灵中的一只。

白七奴热泪盈眶地捡起铜牌，同时驾驭着鱼灵和月乌。她要像大哥一样，站立到肉身消失，坚持到魂魄融化为止……

此时，仿佛出现了错觉一般，白七奴看见一只巨大的火鸟掠过头顶，投入燃烧的树林。

怎么回事？她把封印着日乌的银环送给婉莹了，它怎么又飞回来了……

火鸟张开巨翅，大步流星地走着，把一团团火焰不断地吞入口中……大火仿佛畏惧于它的食欲，开始向后退却了……

真是它回来了吗……

白七奴觉得自己正在脱离地面，飘然升起，眼前所见的景象流动不居，只有神树根须里那些搏动着的根脉，依然耀眼如太阳的种子……

火鸟向她跑过来，想要抱住她……不过不可能了……在火焰升腾的面孔上，王雷的泪水蒸发成两缕烟……

啊，原来是你……

"我一直想跟你说，儿子，我对不住你爹……"

"别说了，娘。"

"我对不住他……那个死鬼，我还挺想他的……"

"娘……"

"好好的，当个好首领，帮你爹争口气……"

"好……娘……好……"

王雷怀里抱空，白七奴已经化灵为鸟，翩翩飞去了。

【茱儿】

沉甸甸的黑暗开始从山头压下来。山火竟然要熄灭了。

高罗人还真是厉害，茱儿暗想。这场火本来满可以烧个几天几夜的，最后搞不好还需要军队来收拾残局。

就在方才，山腰上出现巨大的云团水汽，接连不断地扑打着大火，仿佛有谁在呼风唤雨似的，没过一会儿，火场还真的一段一段消失了，很不可思议。第五旅该有不少人目睹了这场奇景，不过大概已有上级交代过，所以他们一个个都不动声色，或者装作视而不见。

“小茱姑娘，”第五旅旅长朱冲是一个面相硬朗、留短胡须的男人，说起话来字句铿锵，“现在可以带人上山了吗？”

“可以了。树都烧干净了，也不容易迷路。”

朱冲似乎并不觉得这个回答有趣。他左右看看，示意副手和警卫官回避一会儿。

“小茱姑娘，在我们上山以前，我希望能跟你重申一遍合作的行动流程。”

茱儿暗暗叹了口气。这个人做事比日本人还要啰唆。

“找到石镜以后，我会派心腹把它封入铁箱秘密运送下山，这个过程你们不要插手。明天下午，已经安排好一列名义上是空载的货车从碧色寨车站出发，你们小组就乘这列火车回到昆明，载运铁箱的另一列货车随后就到；到了昆明，会有一名退伍将领派遣专人接应你们，你们要在他的宅邸里潜伏一周。直到寿宴前两天，你们才会再次接触到石镜，便于你们做一些必要的检查和演练。事成之后，你们要作好入狱二至三周的准备，等到……那个人执掌权柄，他会安排你们安全出狱。有没有问题？”

“没有。”

没有问题就怪了，苏我私下里这样说过：“为了避免被云南人利用，我们要把局面彻底搅乱，尽可能动摇云南政权的根基。所以从拿到石镜的那一刻起，我们就要设法让它操纵第五旅的旅长。”

这一步计算，你和朱旅长总想不到吧？

正暗暗考虑着，一拨人走到了靠近山腰的地方。火把光线摇晃，照亮了地上许多具形状特异的尸体：长着虎头的人，有蟒蛇脖梗的人，狼头尖齿的人……几乎全都成了焦黑的干尸。茱儿心里一抖，看到了两个熟悉的身影倒卧在地上。是鹰钩鼻和瞎子，他们的皮肤干瘪，面孔凹陷，也被什么东西吸成了干尸；不远处还站着一个死人，躯体像呈块状的岩石，搓一搓他的胸口，他竟然散落成一堆石屑，像风化了一般。

怎么会这样……这该不是高罗人做的，他们的死法太过邪性了。可是，谁又有这种能力呢？

不知为何，茱儿感觉到一阵强烈的不安，她凭直觉感到，苏我有危险了。

【塞尚】

一个高大壮硕的光头无眉男子走进斗室，嘿嘿笑着。

“黑马桑！”苏我真鹿如释重负，这是他这边的援兵啊。

苏我移动脚步，向黑马靠近。黑马附上青铜马灵体以后，就是一个坚固的盾牌和攻城机械，他可以派他去压制那个女人，而自己则把塞尚拖住——

黑马忽然并指成刀，向苏我肋下横切，苏我根本没有防备，仅仅是下意识地收缩肌肉、屈紧身体，然后就被手刀切中。他的肋骨肯定断了不止一根，身体被高高抛飞，集束的金线紧接着抽中他的后脑。

苏我昏倒在地，塞尚比出一个无奈的手势。

白叶恍然大悟，“这是你安排的卧底？”

“不错，黑马，去搬镜子吧，我来应付这个姑娘。”

只能拼了。白叶十指捏诀，驱动起“吸金之阵”，一张“猫嘴”出现在空中，朝塞尚猛咬。“吸金之阵”能消化一切灵体，塞尚没有办法，只能送出金线堵住“猫嘴”。无眉男也不敢太靠近，帮不上手。

“白叶小姐，你放弃吧。”

“不可能。”白叶咬牙道，脸上露出决然的表情。

塞尚迟疑不决了。在他眼中，白叶身上寄托了“玛那依”的幻影，他又如何能对她痛下杀手呢？

眼看就要陷入僵持状态，几只幼猫灵突然窜入斗室，灵体一飘，就被“猫嘴”吸过去，几乎要被“吸金之阵”消化掉。这下好，看到幼猫灵会被伤害，猫灵们迅速脱离，“吸金之阵”自动瓦解，白叶的魂魄遭受剧震，瘫软下去，无力再战了。

何魏走进来，抱着几只小型石猫，明显是从神树下面偷出来的。竟然连他都被法国人拉拢过去了。白叶躺在地上怒视着他，何魏没有避开她的目光，只是抱歉地笑笑，把那些石猫小心地搁在一旁。

白叶心里微微一动：何魏的表情里，另有一种难以察觉的坚毅。

“太好了！”塞尚鼓掌道，“多亏何魏你及时赶到。神树那边怎么样了？”

“没问题，根脉已经截断了。”

白叶闭上眼睛，心如刀绞，流下了眼泪。对这个与众不同的汉族男人，她心里涌起一种难以言喻的情感。

“好极了，现在我们只需要再做一件事……就是把我弟弟带走。”

“什么？”何魏皱眉道，“你不是要把整面镜子都带走吗？”

“不……不，我的目标一直都只是我弟弟而已，怎么处理这面石镜，那还是高罗人、云南人和日本人之间的事。”

“这……你之前跟我不是这么说的。”

“抱歉，是我骗了你。何魏！”

无眉男从背后一下子箍住了何魏，让他动弹不得。

“你要干吗！？”

“抱歉了，何魏。”塞尚抚摸着石镜，说道，“石镜这么棘手，我不会傻到介入进来的。我来到云南，只是为了向我亲爱的弟弟——复仇而已。”

“……到底还是让你得手了……哥哥……”镜中人貌似不甘心地说。

“你不是来救他的？”何魏问道。

“救他？”塞尚嗤笑道，“满罗为了占有镜子杀死了我们的师父，还害我两千多年来只能靠破碎的灵魂苟活着，我可无法容忍他继续安稳地躲藏在石镜里。”

“我也觉得奇怪……为什么……你能坚持这么久……”

“你应该还记得，我们在镜中天国搏斗，同时吞吃下天国灵体的时候，各自获得了一部分关于掌控时间的能力，这两种能力也永久伤害到了我们自己：你的肉体被流动的时间腐蚀殆尽了，我的灵魂则被坚硬的时间撞得粉碎……幸好，我还能靠这些金线串联起我的灵魂。你用不着好奇，我会让你体验到，灵魂的不完整会造成多么大的痛苦……”

“我还要再跟你说一声抱歉。”塞尚又转向何魏，“为了带走我弟弟，我不得不借用你的身体。”

“……为什么？”

“因为普通人的身体已经被自己的魂魄塞得很满，再填塞进满罗这样一个古老的灵魂，肉身会立刻腐朽；而你的魂魄里，藏有一个罕见的、足够空旷的缺口，足以容纳住他。”

“所以你在昆明车站就盯上我了？”

“对。我要声明一下，我确实非常抱歉，我和你们师兄妹还是一见如故的。”塞尚招招手，示意黑马把何魏拖过来。他冰冷的手按上了何魏的额头。

“风中芦笛，灵魂之火，请听候我的邀约……”塞尚念诵出一段古老的经文，奇妙的韵律震撼着斗室里的每一只灵体。一瞬间，仿佛有无比沉重的车轮从空间里碾了过去，阴影一浪一浪地泼溅出来，空气里有硫黄的刺鼻气味。

满罗走出了石镜，它走动起来像一轮燃烧的月亮，释放出潮涌的引力，牵引着周围的魂灵。

这就像是一种显圣。

何魏的双眼发出宝石样的微光：无比纯净的银色。他的魂灵像水草般摇曳着，第一下心跳落入井底，发出了一种无法形容的奇异回声。

“好了——”塞尚呼出一口气，疲倦地说。

黑马的一只大手，此刻不合时宜地摸上他的肩膀。

“没事，我还不是很累——喔，你！”塞尚惊呼出声，他的皮肤和肌肉在迅速干瘪下去，身体里的水分不断向外泄漏。他正在被风干。

黑马松开手，塞尚倒了下去，他的身体已经虚弱得站不住了。

“你不是黑马！你是谁？”塞尚震怒道。

“他怎么会不是黑马呢……”满罗借用何魏的声音幽幽说道，“只是你一直没有认出他到底是谁罢了。铜马，旱马，魔马……哥哥，还没有想起来吗？”

“……阿帕奥沙，居然是你。”塞尚认栽似的闭上了眼，“真没想到，我如此信任的卧底，却是你的老朋友……你们是在什么时候联系上的？”

“他一直就知道我在这里，只不过，我劝说他耐心等待。因为如果我们再次开创一个国度，我不想再拘束于石镜里，我想要肉身，一个活生生的、可以用感官去体验这个世界的肉体……我首先需要的，就是你的帮助。”

“不错，擅长摄取人魂这种复杂工作的，也只有我和你了……但是我肯定不会帮你，所以，你必须引诱我来——”

“你想得很对，可惜在这个棋局上，你已经落后我太多步数了。我让阿帕奥沙往欧洲各个神秘学组织放出消息，直到十几年前送过去一个亲眼见过我的活人，才算真正引起了你的警觉——”

“然后是细致的情报工作：你安排阿帕奥沙主动向我贩卖情报，同时也从我这里收集情报，方便设计针对我展开的行动——”

“然后就是借助你的力量，破坏困住我的这个囚笼。以你稍逊于我的聪明才智，相信不难办到。”

“我低估你了，”塞尚讪讽地道，“但是我想不通的是，你如何能预见到，我能找到何魏这么合适的嫁接人选呢？”

“你以为你能找到这具合适的肉身是个巧合吗？”满罗拿何魏的手敲了敲胸口，“为了能让你亲自把他送到我面前，我在 20 年前就埋下了种子。”

“你说什么？……不可能，难道何魏灵魂里的空洞，是你造成的？”

“对。”

“不可能！在一个人完整的灵魂上动这种手脚，只会造成灵魂的溃散。除非——”塞尚瞪大了眼睛，“你在他还是胎儿的时候动手！”

“你终于想到了。”满罗得意地说，“20 年前，他的父亲和母亲路过玛那依山，他的母亲被兽魂附身，凭高罗人那低劣的通灵术没有办法在祛灵的时候不影响到肚子里的胎儿，他的父亲冒险找到我，向我求助，我当时意识到，这是一个绝妙的机会——”

“所以，你就趁胎儿的魂魄尚未充分凝固，在里面挖出了一个口子？ 20 年过去，这道口子还真的如你所愿，扩张到了合适的大小……这算得上是一个匪夷所思的实验。”

“并不匪夷所思，这都是周密计算的结果。”

“那你算到这个了吗？”何魏说——是他的魂魄用自己的声音说道。

“怎么会？”满罗颇为意外地说，用的还是何魏的声音，“你应该被迫进入沉眠，慢慢被我吞噬、消化掉才对。”

“我把自己可以会被利用当作容器的事情告诉了白陆长老，所以他把神树的一部分树灵栽到了我的魂魄里。看，现在‘缺口’堵上了，你只能被困在我的身体里，和我同生共死了——”

“什么！？”满罗惊骇震怒，“你休想，我不会让你死的。我要永远占据你的身体。”

“人的寿命是有限的，满罗。”塞尚费力地支起自己的身体，怜悯地说，“所以，你最多也只有七八十年可活了。”

“不可能！”满罗抱着头，绝望地喊道。

“你是什么时候发现，我弟弟要把你拿来当容器的？”塞尚好奇地问何魏。

“是我父亲，是他暗示我的。”何魏轻声说。

“咦？他什么时候暗示过你了？”

“桶，在我们走进地下室的时候，他变成了一只木桶。”

“他那只是在模仿旁边的木桶罢了——”

“不，我了解我父亲，他从来就不是那种随波逐流、适应环境的人。所以，我相信他变成木桶，是想要告诉我什么事情。”

“……失去了人的形态，也还是可以相互连接吗？”

忽然斗室里气氛突变，仿佛有谁拔开了无形的塞子，时间的流速陡然加快了。

“糟了。”塞尚惊呼道。

在何魏身边，岩石窸窣变成粉末，石镜在他的触摸下迸出无数裂纹，似乎瞬间经历过千万年的岁月。

“满罗，住手！”阿帕奥沙慌忙上前抓住何魏，石镜可是他们开创“新天国”的根基啊。何魏一挥手，阿帕奥沙退后一步，震惊地说不出话来，眼看着自己的青铜之身锈迹蔓延，然后“哗——”，碎成满地的铜屑。

“白姑娘快走，他正在吸收所有的生命灵气！”塞尚喊道，环视一圈，发现苏我不知何时已经逃走。

白叶站起身，顺便还把干枯的塞尚扶起来，一起跑出斗室。

“你救我做什么？”塞尚苦笑道，“我也快要死了。”

白叶生气道：“死了就算了？那是你弟弟，你给我想办法！”

在他们身后，甬道不断坍塌，岩层龟裂，大堆大堆的石粉和沙砾漏出来。这座山的其中一部分正在以可见的速度衰老下去。

塞尚想起，玛那依也对他说过类似的话……

“……他是你的弟弟，无论是要亲自结果他，还是把他从深渊里拽回来，都要由你亲自去做……塞尚，你要去哪里？逃避能有什么用？相信我，我们一定能找到办法去……塞尚，塞尚！……他逃走了。我要向着东方走，一路寻找他，你不愿意担负的责任，由我来一并承担吧。再见。不，永别了……”

没想到过了这么久，他还是转回到了这个字眼上面：“责任”。可是，或许只有经由这一点，他那空虚、无意义、太过漫长的人生才能重新和玛那依的生命衔接上……塞尚看着搀扶自己逃走的白叶，心中万般情绪熔铸成一种意志。

他曾经辜负过她的，现在偿还给她吧。

“白姑娘，帮我一个忙。”

“什么？”

“给我的灵魂拆线吧。”

【茱儿】

第五旅的队伍已经很接近山顶，再往上走就能看到村口，此时忽然地动山摇，众人立足不稳。火把熄灭了几根，他们站在黑暗处，一时不敢妄动。

“怎么回事？”朱冲低声问道。

茱儿摇摇头。

“莫不是……山神发怒吧？”

茱儿忍住笑意，说：“放心，不是的。”

然而地面紧接着又是一阵剧烈的震动，山顶居然开始往下垮塌。朱冲赶紧喝道：“队伍后撤，快后撤！”

有好几个人踏空了脚，顺着碎石流沙滑到山谷里去了。他们急急地逃到半山腰，偶尔还有落石滚下来，不过地震已经不甚明显。

然后，在山顶最高处，掀起一阵黄白色的“大雾”，那雾是由细小得看不清的颗粒组成的，共振着、鼓动着，仿佛只有把世间万物都分解到那样细小的程度，它们才能到达亲密无间、不分彼此，真正地达成一种和解……

茱儿着迷地望着山顶，心有所感。

一个通讯兵从队伍后面匆匆忙忙地爬上来，把一封电报提交给朱冲的副手。副手稍一浏览，面色一变，凑到朱冲耳边说道：

“旅长，龙主席发来电报，让咱们立即从玛那依山撤兵。”

“什么？龙云是怎么知道的……”朱冲一脸郁闷，“不管他，我们现在分属于集团军，只管自己做事就行。”

“可……可是，这电报上还有卢司令的批注。”

“这就对了，司令是怎么说的？”

“立即照办。”

“啊？”

于是大张旗鼓的第五旅在连夜烧山以后，连山匪的面都没有见到，就返回驻地了。

走到半道，茱儿悄悄溜出队伍，走进小树林。苏我真鹿在树后冲她招手来着。

“你要不要紧啊，阿秀？”茱儿看看苏我的伤势，折了几根树枝想给他打个绷带。

“我不要紧。黑手和黑目，他们是不是都死了？”

“是呀，是呀，你怎么知道的？我刚想告诉你。”

“先不去说它。等到山上尘埃落定以后，我们再去甬道里走一趟，看能不能挖到什么东西。”

“山顶上发生了什么事？”

苏我犹豫了一下，说：“……是神的意象吧。”

【何魏】

何魏觉得自己就像撞在玻璃上的苍蝇，他的意识被片状的“瞬间”切断，被针尖钉住，寸步难移。然后凝固的时空松动了一下，断裂的痛感像雷电加诸于身。

眼前这个正在坍塌崩毁的世界终于变得稍微清晰了些：石土成灰，草木成烬，周遭的一切都淹没在漫天弥散的灰黄尘埃里，而在何魏脚下，地面风化出细密的裂纹，坚硬的石层塌陷下去粉碎成沙海般深厚的砂砾，大风吹来，掀起耸立如塔的沙尘龙卷。

事物的老化腐朽促使它们排出所有的热量，让何魏置身于炎热的气场中央。满罗的灵体“冥牙”正在抽取、吞噬着玛那依山上的灵气，制造生机灭绝的真空，连带着何魏这具“容器”的生命力，都像露水一般被顷刻间蒸干，所幸那些千年树脉积蓄下来的灵气不断地涌入，把躯壳里的血肉重新填充饱满。

何魏就像是一个徘徊在生死边界上的孤独旅人，在无垠的、死寂的荒漠中行走着，静候死期。

他还能坚持多久？满罗又能坚持多久呢？

何魏能感觉到，满罗正在他魂魄的缺口里拼命挣扎，然而神树之灵已经深深植入到魂魄的脉络，形成坚韧的罗网，满罗如果强行破囚而出，不可避免地会把何魏的灵体、满罗赖以寄生的“容器”撕裂。

既是容器，也是囚笼，何魏即是满罗为自己掘下的葬身之“井”。

如果就这样死去……如果能让自己的宿命和高罗人千年的负担都在此刻结束，大概已是最好的结局。

何魏只是希望，塞尚一定要记得履行自己的承诺，把父亲的身体复原回来……

前方忽然有大团的金色光晕拱出来，仿佛从地底下挣出了一个小太阳。再走近些，何魏看清楚了：那是一个金线编织成的“灯笼”，将近一人高，勉强能把一个人裹在当中，里头那人抬高双手护着头脸，深一脚浅一脚，坚定地向他走过来，胸襟前那一小串银鱼被风沙拨乱，飞舞到了她的唇边。

是白叶。

她对上何魏的目光，仰头喊了一声什么。

别过来！何魏张嘴喊道。但是他连自己说话的声音都听不见了。时间流逝的速度把所有声音都向远处抛开，让它们坍缩成几不可闻的音节。

何魏想要后退，但是身体不由他自主，仍然一步步往前走着。

白叶渐渐靠近，她的表情里隐含着的沧桑越来越明显，她的手背上长出了褶皱和斑点，衰老的纹路从指尖攀爬向手臂。时间的锋刃削肉去骨。何魏只能眼睁睁看着白叶迅速老去，心里感受到剧烈的痛楚。

可是白叶居然撑住了，她蹒跚地走完最后几步，向何魏伸出手来。

两个人如同溺水者一般紧紧交握住双手，“灯笼”散开，金线将二人环绕，捆缚在一起。时间的急流终于放缓了速度。他们开始能听清对方的声音。

“白叶，你怎么来了？”何魏问道。

“你说呢？当然是来救你了。”白叶边喘边说。

“……谢谢你来救我。”何魏低声说道，目光里满是惊喜和爱意，“你不要怪我捣鬼，塞尚答应救我父亲，我必须帮他做些事情。”

“我怎么会怪你呢。就算你不把幼猫灵带过来，我也拿塞尚没有办法。”白叶凝视着何魏，脸上露出罕见的柔情，“再说，没有你的设计和献身，满罗和石镜，我一样都看不住的……我们高罗人对你们父子亏欠不少。”

“我本来就应该这么做的。看到你父亲和七奴婶拼尽最后一口气也要保护神树，我终于理解到，我爹是在承担多么重的使命……既然我是高罗人，就不能让历史传承在我这里终止。”何魏低声说道，“而且，满罗害死了我的母亲，我岂能把他放过。”

白叶点点头，“我们都是这么想的。所以我把塞尚带过来了。”

“塞尚？”

“没注意到吗？这些金线是塞尚的‘琴弦’。他的肉身衰败了，现在躲在我身体里。”白叶说。

“咳咳，希望我没有打扰到你们谈心……”塞尚借白叶之口出声道，听他的气息如此微弱，似乎已经濒临消散了。

“塞尚，你怎么了？”

“寿命到了……‘琴弦’缝补我的灵魂，为了把魂魄的灵力都释放出来，我让白叶把金线都拆了……咳咳……”

“然后，你会怎么样？”白叶问道。

“……”

“喂？”

“你再这么关心我，我就要舍不得走了。”

何魏和白叶哭笑不得。“这时候你还开什么玩笑。”

“过不久我就要消失了。”塞尚淡然道，“幸好，临走时还能把我弟弟带走。何魏……”

“你说。”

“答应你的事情，我是做不到了，我会把一段‘琴弦’留给白叶，她很有天赋，救你爹的事情可以拜托给她。”

“……谢谢你。”

“没什么好感谢的。”塞尚顿了顿，眼里闪现出梦幻般的神色，“白叶，我倒是要谢你……谢你，能让我再见到她……”

“你说什么？”

“再见了，亲爱的。”塞尚声音微弱地说出了最后的言语。

金线忽然汹涌迸发，将漫天的尘土全部推开，然后它们分作千丝万缕，向何魏的面孔和皮肤上扎入。何魏的魂魄受到巨大的震荡。

时间之河的两道洪流互相纠缠，万事诸法霎时陷入寂灭，然而在浩荡的空寂中，却响起一声缥缈的笛音，犹如妙不可言的天籁。整座玛那依山的生灵都在响应这个大音，生机和死气同时缭绕天地，何魏和白叶置身其中，既蒙受召唤，也几欲遭到摧折。

在宏大的时间之流中，两个年轻的灵魂缓缓上升，一个灿烂如烈阳，一个静寂如暗月，它们紧紧缠绕在一起，对撞、分离、融合，最终升向白云漂浮的苍穹。

他们知道，时间就是这样被终止的。

尾声

【正史】

1945年8月，卢汉司令率第一方面军前往越南受降。蒋介石乘机着手解决云南问题，利用滇军主力奔赴越南、云南兵力空虚之际，下令第五军邱清泉发动兵变，逼迫昆明城内滇军缴械投降，由此发动“驱龙事件”。龙云被免去职位，调往重庆担任虚衔的“军事参议院院长”，随后遭到软禁，长达三年之久。

同年12月，卢汉接掌云南省政府主席之职。

【野史】

1941年12月7日6点，“赤城”号航母在欧胡岛北面223海里处开始减速，一股温柔细密的铁灰色沙尘暴，以它为起点向后方舒展，像一把黑伞，遮盖了日本帝国海军舰队。“赤城”号舱室深处的两百多名官兵，已经集体失眠了三个多月，他们的梦境乃至心智，都被他们身上携带的“勾玉”（镜子碎片）日复一日地蚕食，转化成魔兽“守鹤”的食物。为此，航空战队所有轰炸机飞行员，起飞前都要对“赤城”号行军礼，向那些为大和民族献出灵魂的将士致以最高敬意——他们掩护整支舰队跨越3000海里的海域，为海军争取到摧毁敌人军事要害的良机。

1942年中途岛战役，“赤城”号遭受重创失去动力，舰队司令山本五十六下令中止作战，并由四艘驱逐舰发射四枚鱼雷将其击沉。舰上战死者总计达228人——他们是那些携带“勾玉”的特种部队将士。他们的魂灵被消耗殆尽、完全丧失生机。为防止其法术被美军破解并带走“勾玉”，这些人只能永远沉睡于中途岛海域。海洋埋葬了所有的秘密。

【秘史】

1940年11月18日，龙云寿宴前一天，邹若衡携女儿邹婉莹来到碧色寨，登上玛那依山，高罗人上上下下视他为救命恩人，待其如贵宾。是夜，邹若衡和新任土司王雷促膝夜谈，把酒对饮，几度落泪。

11月21日，邹若衡携女儿婉莹和徒弟何魏返回昆明，何魏之父何绍郡因患上宿疾，此后四十年都在玛那依山下疗养，安度晚年。也许因为留恋高罗风土，邹婉莹时而返回山中，徘徊不去。有人看到，她身上黑色长发和白袍在风中飘动，犹如一个没有归处的幽灵。

何魏带着白叶前往西双版纳。他们打算从那里经泰国前往印度，而他们的终极目标便是伊朗。他们要共同完成一次秘密的朝圣之旅。就在塞尚死去的那刻他们发现，彼此灵魂都进了对方的身体，好像没有法力能将其分离。但他们后来的下落，却无人知晓。

出版后记

“谜托邦”系列，是朱大可工作室出品的诸多品牌之一，它包括神话（魔幻）、悬疑、历史探秘和都市推理等诸多类型。

作为阅读市场的重要组成部分，“类型小说”在中国并未得到充分发育，但仍可以被粗率地划分为两大基本类型。

第一类是网络写作。这是一种互动式集体写作，以连载为基本传播方式，依照网民意志而不断修正写作方向，最终成为作者和网民的共同作品。此类写作的好处，就是以一种更加“刻奇”（Kitsch，旧译“媚俗”）的立场取悦读者，而将小说读本的商业性推向极致。此类小说有望成为广泛阅读的畅销书，但它的短板，在于作者很难借此塑造独立风格。它是一种缺乏主体性和个人话语风格的公共文本。

第二类叫作书桌写作，它保持了传统的个人经验的基本特征。这其实就是一种封闭式书写，在完成电子或纸质出版之前，读者无法介入和影响小说的文本书写。相比网络写作而言，书桌写作能够塑造真正意义的独立作家，而令文学免于沦为集体口水的牺牲品，但它的短板在于，难以跟大众达成亲密的市场联盟。

“谜托邦”的作者，都是出生于 20 世纪 80 年代晚期和 20 世纪 90 年代早期的青年作家，毕业于同济大学和复旦大学中文系。他们依靠个人经验和写作技巧，书写那些历史传奇故事。在想象力和叙事能力方面，他们显示出与众不同的才华，而他们的三大短板，分别是剧情设计、人物性格塑造和对大众趣味的洞察。这些弱点与生活经验的稀少有关。

“谜托邦”写作计划，便是针对这种现状而设计的妥协性方案。整个写作程序，是以工作坊集体参与的方式，筛选故事种子，反复讨论故事大纲和人物设计，然后再由执笔者将其转化为文字。这无疑是一种有意义的书写实验。我认为，只有借助这种向内部开放的半个人写作，才可能布置文学和市场双赢的格局。

“谜托邦”写作计划，源于我的神话研究成果。2014 年出版的《华夏上古神系》，可以视为“谜托邦”的理论根基。例如，《鹰翼之醒》的故事原型，就出自《华夏上古神系》一书。我们面对的，是人类最古老的“鹰蛇对抗”模式（在中国演变为“龙凤呈祥”的和解模式）。在“谜托邦”写作过程中，鹰蛇对抗被还原到原型的层级，并从中进一步化育出发生在现代航校里的黑鹰和白鹰的激烈对抗。神话原型是“谜托邦”幻想写作的内核。没有这样的内核，幻想小说就会丧失脊骨，并跟绝大多数类型小说一样，化为转瞬即逝的市场泡沫。

神话原型研究的重要目标，就是把中国神话跟亚洲其他地区神话做深刻的对接，以此改变传统神话叙事的困窘格局。《波斯镜灵》和《鹰翼之醒》指涉了波斯和印度，戏剧性地呈现出“亚洲神话共同体”的斑斓景象。没有这种亚洲化乃至全球化的视野，就无法写出真正的“现代神话”。

好莱坞神话电影（《魔戒》《阿凡达》《哈利波特》《纳尼亚传奇》《神战权力之眼》《冰雪奇缘》以及所有漫威式的英雄传奇），都拥有自己的“神话圣经”，那就是神话学家约瑟夫·坎贝尔的《千面英雄》，他在书里陈述了英雄成长的基本模式及其变体。坎贝尔的研究点亮了银幕上的美国神话。但仅有坎贝尔是远远不够的。漫威电影正在暴露其神话叙事的弱点——公式化、概念化和程式化，而这也是整个好莱坞电影的困境。美国人未能获得更多的古老原型，只能反复消费单一的英雄原型，直到它成为僵硬的市场模板为止。

这从另一角度暗示了中国人的写作优势。作为一个具有漫长历史的民族，中国人显然握有更复杂多样的神话原型，而这些奇诡的“非物文化遗产”，至今都没有得到有效的利用。“谜托邦”写作计划试图改变这个现状。可以确信的是，我们已经打开了通往神话的大门。我们正走在神话叙事的新路上。如果“谜托邦”有朝一日能够成为小说阅读和影视改编的“热门货”，那么它一定取决于神话原型的力量。它来自历史深处。它是人类共同欲望的简洁表达。谁握住原型，谁就握住了人类普遍价值的内核。而这是“谜托邦”写作计划的全部要义。

我要在此感谢东方出版社的编辑们。没有编辑们的卓越努力，“谜托邦”第一季就无法顺利面世。这场神话实验还将长期进行下去，但愿它能给类型文学和影视业带来细小的改变。

古时候有这样一个故事，说的是一位伟大的木匠师傅，带着一群年轻徒弟，准备打造一座世上最美丽的楼房。20 年过去后，楼房终于盖好了，但徒弟们却无法欣赏自己的杰作，因为他们的眼睛都瞎掉了。这个故事的关节点在于，他们的眼睛为什么会瞎掉？答案是出乎意料的：徒弟们认为自己根本无法造出最美丽的房子，为了逃避这样的宿命，他们刺瞎了自己的眼睛。但房子造出来之后，却赢得了人们的一片赞扬，因为民众看见了楼房的无限美丽之处。

这个故事试图告诉我们，不要畏惧实验可能带来的失败。而任何发自内心的信念，都能超越盲目的眼睛，成为撑起小说楼宇的坚实支架。

图书在版编目（CIP）数据

波斯镜灵 / 卜知客著. — 北京：东方出版社，
2016.4
ISBN 978-7-5060-9020-9

Ⅰ. ①波… Ⅱ. ①卜… Ⅲ. ①长篇小说－中国－当代
Ⅳ. ①I247.5

中国版本图书馆CIP数据核字(2016)第088157号

波斯镜灵

（BOSI JING LING）

作　　者：卜知客
产品经理：张　旭
责任编辑：王莉莉　张　旭
出　　版：东方出版社
发　　行：人民东方出版传媒有限公司
地　　址：北京市东城区东四十条113号
邮政编码：100007
印　　刷：北京中新伟业印刷有限公司
版　　次：2016年7月第1版
印　　次：2016年7月第1次印刷
印　　数：1—5 000册
开　　本：640毫米×880毫米　1/16
印　　张：13.5　　彩插：8页
字　　数：100千字
书　　号：ISBN 978-7-5060-9020-9
定　　价：36.00元
发行电话：（010）85924663　85924644　85924641

“谜托邦”系列正在更新！

波斯镜灵

卜知客 著

在石镜的深处，浮现的是谁的灵魂？

鹰翼之醒

卜知客 著

注定飞翔的你，注定飞翔的你，终将展宿命巨翅，飞跃天际……